Zu diesem Buch

»Meisterlich ist Nina Berberovas Kunst, mit psychologischem Feingefühl das zur Tragödie sich zuspitzende Leben zweier Menschen zu schildern, die nach der Erfahrung von Unordnung und stetem Leid sich nicht aus den Verstrickungen des Schicksals zu lösen vermögen und denen die ersehnte Liebe nur den Tod bringen kann.« (»Neue Zürcher Zeitung«)

Nina Berberova, geboren 1901 in St. Petersburg, emigrierte in den Jahren nach der Revolution 1922 mit dem russischen Dichter Chodassewitsch über Berlin, Prag, Venedig und Rom nach Frankreich, wo sie 25 Jahre lebte und für verschiedene Exilzeitungen arbeitete. 1950 ging sie in die USA, wo sie zunächst in Yale und dann in Princeton Professorin für russische Literatur des 20. Jahrhunderts wurde. Sie hat Blok, Gorki, Pasternak, Nabokov und viele andere Schriftsteller ihrer Heimat persönlich kennengelernt. Neben zahlreichen Romanen veröffentlichte sie u.a. eine Tschaikowsky-Biographie, Gedichte, Erzählungen und ihre Autobiographie. »Zu entdecken bleibt dem Leser in dieser Exilschriftstellerin nicht nur eine hellwache und allgegenwärtige Zeugin unseres schnell zur Neige gehenden Jahrhunderts, sondern auch eine große belletristische Begabung, die sich weit über russische Traditionen hinaus im Zentrum der europäischen Moderne entfaltet hat.« (Ingeborg Harms in einem Porträt Nina Berberovas in der »Frankfurter Rundschau«)

Als rororo Nr. 12981 erschien bereits Nina Berberovas Roman »Die Begleiterin«.

Nina Berberova

Der Lakai und die Hure

Roman

Deutsch
von Anna Kamp

rororo
Rowohlt

Die russische Originalausgabe erschien unter dem Titel
Лакей и девка

Veröffentlicht im Rowohlt Taschenbuch Verlag GmbH,
Reinbek bei Hamburg, Juli 1992

Umschlagillustration Evelyn Bauer
Druck und Bindung Clausen & Bosse, Leck
Printed in Germany
790-ISBN 3 499 13010 6

Sie war die Tochter eines Petersburger Beamten, der den Rang des höchsten Staatsrats erreicht hatte. Auf seinem langen, schmalen Gesicht lag ein Ausdruck, der tiefes Mißtrauen, eine labile Gesundheit und große Unzufriedenheit verriet. Ihre Mutter sah den Frauen anderer Petersburger Beamten so ähnlich, daß Tania, die gerade vierzehn Jahre alt geworden war, sie nach ihrem Tod mit all den Damen verwechselte, die bei ihnen ein und aus gingen, in Tanias kleines Kinn kniffen, sich über ihre Dienstboten, das Kaufhaus Arcade und ihre Wohltätigkeitsvereine unterhielten und dabei kreischend lachten und mit ihren Lorgnetten spielten.

Eine Gouvernante wurde ins Haus geholt, aber sie fand sich nicht zurecht. Sie konnte Lila, die von einem Kadetten der Marineakademie von der Schule abgeholt wurde, nicht im Zaum halten. Tania und Lila brachten ihr bei, Madeira zu trinken und auf russisch zu fluchen, und sie machten sie glauben, der Mieter aus der unteren Etage sei unsterblich in sie verliebt. Eines Tages, als alle außer Haus waren, trug die Gouvernante ihre Sachen verstohlen nach unten, lud sie in eine Droschke und verschwand. Seiner Exzellenz hinterließ sie die kurze Mitteilung, sie hielte es nicht mehr aus.

Das war ein Jahr vor der Revolution. Als der Vater nach Sibirien versetzt wurde, zogen sie alle drei nach Irkutsk um. Mit von der Partie war die spindeldürre Ella Martinowna, die alte Gouvernante der Mutter, deren ehemals schelmische Augen jetzt trübe blickten. Die Kredenzen, das Klavier, Kopien von zwei Gemälden Schischkins und einige französische Teppiche gingen mit auf die Reise. Und in der großen Dienstwohnung in Irkutsk wurde das zügellose Leben fortgesetzt wie bisher – mit neuen Gesichtern und neuen Vergnügungen.

Ella Martinowna ging Tanias Vater aus dem Weg. Bald indessen begann er ein Abenteuer mit der Frau des Vizegouverneurs – es war weniger ein Abenteuer als eine nicht enden wollende, nervenzermürbende Affäre. Die dicke alte Ehefrau des Vizegouverneurs und der Träger des Stanislaus-Ordens zweiter Klasse trafen sich auf den abgeschiedenen Alleen des Stadtparks oder außerhalb der Stadt, am verlassenen Ufer der Angara. Manchmal wählten sie eine mondhelle Nacht, und wenn die Luft nicht zu feucht war, setzten sie sich ins Gras oder auf einen Baumstumpf. Sie spielten sich Jugend und Maupassant und verbotene Liebe vor, während sich die ganze Stadt hinter ihrem Rücken über seinen Gehrock und ihren Kneifer lustig machte.

Zur gleichen Zeit heulte in einem verräucherten Schaschliklokal eine Klarinette, und ein rastloser, schmächtiger Tscherkesse mit einem brutalen Gesicht tanzte den *Lesginka*. Lila, einen Armenier zu ihrer Rechten, der sich eng an sie drückte, schlug die Beine hoch übereinander, zog an einer Zigarette, erstickte fast an dem Rauch, kniff die Augen zusammen, spreizte den kleinen Finger von ihrem feuchten Glas ab und ging von Zeit zu Zeit zur Toilette, um sich die Augen nachzuschwärzen und sich abermals mit Parfüm zu besprühen.

An solchen Abenden saß Tania wütend zu Hause und dachte nach. Sie dachte darüber nach, was sie sich erträumen sollte. Was sollte aus ihr werden? Sie stand auf der Schwelle zu ihrem wahren Leben, und sie mußte darauf vorbereitet sein, sie durfte sich keine Chance entgehen lassen, sich keinen Ausrutscher leisten. Sollte sie so schnell wie möglich heiraten? Eine Operndiva werden? Oder eine Schriftstellerin und sich alles von der Seele schreiben? Ella Martinowna befeuchtete ihren langen, geäderten Zeigefinger und legte Tania die Karten, und es kam immer dasselbe heraus: Jemand versuchte, sie zu ruinieren, jemand beneidete sie, jemand stand ihr im Wege, aber sie überwand alle Hindernisse und trat mit einem dunkelhaarigen, wohlhabenden Mann in den heiligen Stand der Ehe.

Wieder ein Aufbruch. Dieses Mal ohne Kredenzen und ohne Kopien von Gemälden Schischkins. Aufbruch nach Japan. Flucht. Vor wem? Auch vor der Frau des Vizegouverneurs, hauptsächlich aber vor den Bolschewiken. Zaristische Banknoten wurden in Korsetts eingenäht – eines für Tania, eines für Lila und eines für Ella Martinowna. In den Korsetts, die vor lauter Banknoten knisterten, und in dem schweren Gehrock, der nach einer Seite herabhing, machten sich die vier wiederum auf den Weg – wie die Mitglieder einer zusammengeschweißten Familie, die ohne einander nicht leben konnten. Sie fuhren nach Nagasaki. Sie liefen davon. Auf dem Schiff, unter dem höflichen Gemurmel der Japaner, spuckte Lila Blut und mußte nach unten gehen und sich hinlegen. Am späten Abend stand Tania zwischen Kisten und Koffern an Deck, vom Kuß eines älteren Ingenieurs an die Reling gepreßt, und plötzlich erkannte sie, daß sie sich hundertmal glücklicher, freier, leichter fühlte, wenn Lila nicht da war. Sie gefiel allen, wenn Lila nicht da war. Sobald Lila da war, blieb für sie kein Platz.

Lila war hübsch, doch als sie in Japan ankamen, bemerkte Tania, daß Lilas Lebhaftigkeit nachließ und etwas Hölzernes zum Vorschein kam. Sogar ihr ebenmäßiges, blasses, schmales Gesicht wurde streng und starr. Morgens betete sie lange, und in ihrem Medaillon trug sie ein Bild des Zaren. Als der Frühling kam, war sie gänzlich abgestumpft. Sie ließ sich keine Kleider mehr nähen, und sie ließ sich nicht mehr küssen. Sie band ihr Haar zu einem strengen Knoten im Nacken zusammen und verkündete gern, sie könne nicht lange genug leben, um alle ihre Gebete für Rußland zu sagen.

»Welch ein Glück für dich!« sagte ihre Schwester dazu.

Tania hatte kleine, unregelmäßige Zähne und eine weiche, ungewöhnlich weiche Haut. Selbst als Heranwachsende hatte sie keine einzige rauhe Stelle an ihrem Körper gehabt. Sie hatte Sommersprossen und eine breite Nase unter schmalen, schwerlidrigen Augen, und das Oval ihres Gesichts war leicht verzogen. Sie war klein und hatte einen starken Busen. Ihre Hände waren groß und kräftig, und sie hatte einen schiefen Gang. Doch schon nach wenigen Monaten wurde Tania von Männern umschwärmt, und diese Männer sprachen untereinander unverhohlen über ihre Eigenart, sich beim Küssen mit ihrem ganzen Körper anzuschmiegen. Lila wurde nicht mehr beachtet, und das Gerücht, sie werde bald dreißig, hielt sich beharrlich.

Doch unter den Männern, die bei Witzen schallend lachten und sich beim Essen vollstopften, die Tania Liebeslieder sangen und ihre Arme um sie schlangen, war ein gewisser Alexej Iwanowitsch. Alexej Iwanowitsch war für den Geheimdienst ausgebildet worden und sprach daher Japanisch; gegenwärtig arbeitete er in einer japanischen Bank. Er war ein sanftmütiger Mann mit einer krankhaften Angst, anderer Leute Gabeln und Gläser anzurühren. Er hatte große, starre, fast blaue Augen und einen albernen Schnurrbart, der aussah, als wäre er aufgemalt. Er kam und ging mit den anderen. Doch eines Tages sagte Ella Martinowna: »Der Kreuzkönig hat dem Karokönig gestanden, daß er Taniuscha göttlich findet, in Wirklichkeit aber in Lilischa verliebt ist.«

Tatsächlich war dieser Alexej Iwanowitsch aus irgendeinem Grund davon überzeugt, daß das Mädchen mit dem strengen Knoten im Haar und dem kränklichen Teint, das er zweimal im Flur erblickt hatte, eben die himmlische Erscheinung sei, auf die er sein ganzes Leben gewartet hatte. Am nächsten Tag legte Lila sich viel Puder auf ihre lange, dürre Nase, steckte sich einen Porzellanvogel an die Brust und gesellte sich zu den Gästen. Sie nickte mit dem Kopf, massierte ihre schmalen, geäderten Hände und hustete vielsagend, und einen Monat später machte Alexej Iwanowitsch seinen Heiratsantrag.

Zum ersten Mal verlor Tania die Fassung. In der Nacht fand sie keinen Schlaf. Sie warf die Arme über den Kopf, umklammerte den Bettpfosten und wölbte ihren Körper, bis sie ihn nicht mehr spürte. Es war unvorstellbar, ja unglaublich, daß jemand Lila den Vorzug gab und nicht ihr. Sie wußte nicht, ob Alexej Iwanowitsch ihr gefiel oder nicht, aber von allen Männern, die zu ihnen ins Haus kamen, war er der einzige, der nicht versucht hatte, sie zu küssen und zu streicheln, der ihr nichts Unanständiges ins Ohr geflüstert, kurz, der ihr nicht die geringste Beachtung geschenkt hatte.

Erst jetzt begriff sie. Der Gedanke, daß ihr jemand durch die Finger geglitten war, daß ihr wahres Leben mit einer Niederlage begann, war ihr unerträglich. Der schwarze Schnurrbart und die starren Augen wurden nach und nach für sie zu einer ungeahnten Versuchung.

An einem Sonntagmorgen gegen neun Uhr ging sie zu ihm. Er hatte sich soeben angekleidet und lief noch mit bloßen Füßen im Zimmer umher. (Später sollte sich herausstellen, daß dies eine Gewohnheit von ihm war.)

»Ich bin erfreut, Sie zu sehen, Tatiana Arkadiewna. Welch eine Ehre! Womit habe ich dieses Glück verdient?«

Lächelnd schob er mit seinen großen weißen Händen einen Sessel zu ihr hin. Sie trug einen Pelzmantel und eine Pelzmütze, und sie betrachtete verwundert seine sauberen nackten Füße.

»Ich bin wegen einer Wette gekommen«, sagte sie mit zitternden Lippen. Sie wußte noch nicht, wie es weitergehen würde. »Ich habe mit mir selbst gewettet.«

Er lachte auf. »Sie hat mit sich selbst gewettet«, wiederholte er, ohne ihre Aufregung im geringsten zu beachten.

»Sehen Sie her!« stieß sie mit belegter Stimme hervor. Sie riß ihren Mantel weit auf: Ihre Strümpfe wurden von tags zuvor gekauften seidenen Strumpfbändern gehalten, über denen sich die Volants ihres mit Schleifchen gebundenen Batistschlüpfers kräuselten – das war alles. Sonst war Tanias Körper unbedeckt; ihre weiche, ungewöhnlich weiche Haut schimmerte bläulich, und unter ihren Brüsten und Brustwarzen lagen orangefarbene Schatten. Sie saß mehrere Sekunden lang reglos da, die Beine fest zusammengepreßt; der eine Strumpf war verrutscht. Dann machte sie eine Bewegung. Sie wußte nicht mehr, von wem sie sie hatte – war es Maupassant oder auch nur Mark Krinitski oder vielleicht der unbekannte Autor des Buches, das sie einst in Petersburg verschlungen hatte? Doch das Wichtigste hatte sie sich selbst einfallen lassen: Stöhnend und zuckend offenbarte sie Alexej Iwanowitsch eine Leidenschaft, die sie nur in ihren Träumen erlebt hatte.

Alexej Iwanowitsch hatte immer geglaubt, daß man im Leben so vorsichtig wie möglich vorgehen und sich vor allem jeden Schritt genau überlegen müsse – um nicht in eine Grube zu fallen. Der Tod war eine solche Grube, und alles, was im Leben eine unvorhersehbare, widrige Wendung herbeiführte, war eine solche Grube. In seinen Augen stellte die Revolution einen Abgrund dar, in den sein Bruder und sein Vater gestürzt waren und den er selbst gemieden hatte. Aber es gab noch andere, unbekannte Fallen, in denen der Fuß sich verfangen konnte.

Am nächsten Tag kam ihm seine Leidenschaft für Tania wie ein solcher fürchterlicher Abgrund vor, in den er mit schrecklichem Getöse hinabgestürzt war. Barfüßig, mit verzerrtem Gesicht und zerrissenem Hemd war er auf den Knien gerutscht und mit dem Kopf gegen einen Pfeiler gestoßen, den er nicht sehen konnte. Es war der Pfosten seines Bettes, und er stieß so lange mit der Stirn dagegen, bis er vor Schmerz, Zorn und Ekstase beinahe ohnmächtig wurde. Eine Woche später waren seine Sanftheit, sein Lächeln und das Glimmern in seine großen starren Augen zurückgekehrt. Er heiratete Tania und nahm sie mit nach Schanghai.

In seinem Gesicht lag ein Ausdruck von Verlorenheit; er war plötzlich abgemagert und ein Zittern befiel seinen kraftlosen Körper.

Sie war zufrieden: mit ihrem Ehemann, mit Schanghai, mit dem Umstand, von zu Hause fortgegangen zu sein, mit den neun Jahren an der Seite von Alexej Iwanowitsch, in deren Verlauf sie ein kurzes Abenteuer mit einem Amerikaner und eine unglückliche Liebesaffäre mit einem verheirateten Russen hatte, eine Tochter tot gebar und einmal ihren Vater besuchte. Die Jahre gingen friedlich dahin, und da sie nie über die Gegenwart nachdachte (wenn sie überhaupt nachdachte, dann über die Zukunft), hinterließen sie keine Spuren. In Japan war nichts mehr geblieben, was sie an ihre Jugend erinnerte. Ihr Vater war gelähmt, und Lila arbeitete als Übersetzerin in einem Exportbüro, sie war alt und häßlich geworden. Ella Martinowna weilte nicht mehr unter den Lebenden. Gegen Ende des neunten Jahres beschloß Tania, nach Paris zu gehen, wie so viele andere Menschen auch, und Alexej Iwanowitsch beschloß ebenfalls, nach Paris zu gehen – denn er wollte immer genau das, was sie tat. Er hatte sich alles sehr gründlich überlegt (was ihn keine geringe Mühe kostete) – zumindest schien es ihm so. Er gab seine Stellung auf, und sie verließen Schanghai, um das Glück zu suchen, wie Tania es ausdrückte, die noch immer an die Zukunft dachte und von ihr träumte. Aber wie dieses Glück aussehen sollte, ihr eigenes Glück vor allem, ihr eigenes und Alexej Iwanowitschs Pariser Glück, das hätte sie nicht zu sagen gewußt.

Die Karte, auf die Alexej Iwanowitsch in Paris setzen wollte, war das Japanische, das ihnen, wie er glaubte, zustatten kommen würde. Doch nach vier Monaten ging ihm das Geld aus, er hatte noch keine Arbeit gefunden, und sie hatten nichts als Scherereien mit den Visa, den Pässen und der französischen Sprache, die keiner von beiden beherrschte. Dann bekam Alexej Iwanowitsch Anfälle, bei denen er tobte und alles zertrümmerte, was ihm in die

Hände fiel, und schrecklich fluchte und wetterte. Er litt an vollkommener Schlaflosigkeit. Ruhelos ging er barfuß im Zimmer des kleinen Hotels, in dem sie jetzt lebten, auf und ab, und Tania vergrub den Kopf in den Kissen. Bald darauf, während eines Besuchs bei Verwandten von ihm (der Hausherr, ein ehemaliger Husar, war jetzt Priester), hatte er seinen letzten Anfall.

Es war in einem Vorort. Das Haus stand in einem feuchten schmalen Garten. Durch das offene Fenster flogen Fliegen zur Lampe, verbrannten und fielen in den Marmeladentopf. Alles war ganz ähnlich wie in Rußland: Ein kupferner Samowar stand am Rand des Tisches, er wurde mit heißem Wasser gefüllt, das in einem Kessel auf dem Ofen kochte. Die Frau des Priesters, die rosa lackierte Nägel und wasserstoffblondes Haar hatte, erzählte Geschichten von irgendwelchen extravaganten Leuten, von denen noch nie jemand gehört hatte. Die Gäste tranken Tee, und auf dem Teller war ein großes dreieckiges Stück Apfelkuchen liegengeblieben.

Plötzlich unterbrach Alexej Iwanowitsch seine Gastgeberin und sagte mit lauter, schluchzender Stimme, ihm sei heiß. »Setz dich ans Fenster«, sagte der Husar-Priester zu ihm. »Die Abendluft wird deinen müden Körper erfrischen.« Aber Alexej

Iwanowitsch sprang auf und schrie, man könne ihn nicht dazu bringen, in die Nähe des Fensters zu gehen. »Um keinen Preis der Welt. Ihr bringt mich nicht dazu, hinauszufallen.« Einige der Anwesenden sahen ihn gekränkt an, doch in einem Augenblick hatte er sich Jacke, Weste und Hose vom Leib gerissen und bereits einen Schuh in der Hand, als sie ihn überwältigten. Seine blaßblauen Augen funkelten, und er stand in seiner weißen Unterwäsche da, jetzt wieder sanftmütig und lächelnd, und strich seinen albernen schwarzen Schnurrbart glatt. Er hatte sich jedoch so wild zur Wehr gesetzt, daß sie eine Ambulanz rufen mußten. Zwei Krankenpfleger kamen und stürzten sich auf ihn, warfen ihn zu Boden, knieten sich auf ihn und schleiften ihn auf die Straße hinaus, während er tobte und aus voller Lunge unverständliches Zeug schrie.

Ein paar Tage später starb er im Krankenhaus, in der Abteilung für Tobsüchtige, geschwollen von Schlägen, halb ergraut, mit ausgeschlagenen Vorderzähnen. Und Tania blieb allein zurück, in einem schäbigen Hotelzimmer in Paris, wohin sie gekommen war, um ihr »Glück zu suchen«.

Sie war jetzt auf sich allein gestellt. Die Tage begannen grau wie ihr Leben. So hatte sie sich die Tage nicht vorgestellt und auch nicht die Nächte, endlose, tote Nächte, in denen sie sich Gedanken darüber machte, wieviel Geld sie noch hatte und was sie sich dafür kaufen konnte, wo sie den Mann finden könnte, hinter dem sie sich verstecken konnte, der sich um alles kümmern und für alles aufkommen, der ihr Geschenke machen und sie vergöttern würde. So etwas kam vor – zwei Freundinnen aus Petersburg, die sie hier zufällig wiedergetroffen hatte, war es so ergangen und ebenfalls einer anderen, aus Schanghai, kurz, Frauen, die sie zu kennen glaubte. An jedem neuen Morgen machte sie sich auf den Weg zu den Geschäften; sie kaufte selten etwas, aber sie traf ihre Wahl, verglich die Preise, wühlte in Strümpfen und Handschuhen; sie gab ungern Geld aus, und in ihren Träumen schlug ihr Herz wild vor Erregung, wenn sie sich in diesem oder jenem Kleidungsstück, in dieser Seide oder in jenem Pelz vorstellte. Sie grub in Bergen von Spitze und ließ Knöpfe durch ihre Finger gleiten, immer unentschlossen, immer ängstlich, das Falsche zu kaufen. Immer trug sie ihren abgewetzten Rotfuchs, dessen dichter Schwanz über ihre Schulter baumelte, und ihren staubigen schwarzen Hut mit der schwarzen Blume, die ihre Trauer anzeigen sollte. Sie war zweiunddreißig. Seit ihrer Heirat und der Totgeburt hatte sie zugenommen, aber ihr

Gesicht hatte seine blendende Frische bewahrt. Es zog noch immer Blicke auf sich, wenn es auch nachlässig und unerfahren geschminkt war.

Hin und wieder besuchte sie die Nadias, Marussias und Tatoschkas, und die eine oder andere schenkte ihr etwas, ein Paar Strümpfe mit einer Laufmasche, eine alte Handtasche mit einem zerbrochenen Spiegel. Die eine oder andere plauderte spontan und unbekümmert etwas über ihr Leben aus, und das Übermaß an wilder Leidenschaft, Geld, Müßiggang, Verwöhnung und Glück nahm Tania den Atem; begierig klaubte sie diese Krumen auf und nahm sie mit in ihr Zimmer, wo sie die Nacht damit verbrachte, sich vorzustellen, wie das Leben wirklich beschaffen war – nicht ihr eigenes Leben, sondern das der anderen, in dem alles so heiter, sorglos und sicher war. Dann besuchte sie andere Frauen, die ihr nichts schenkten, die ärmlich lebten und arbeiten mußten. Eine von ihnen war Belowa, eine Näherin, und bei ihr drehte sich das Gespräch immer um das gleiche: Was trugen die Frauen? Und wie konnte man sich am billigsten und besten kleiden? Tanias Herzschlag setzte aus, wenn sie zum Beispiel hörte, daß ein unbedeutender Fehler, ein falsch angenähter Ärmel oder ein falsch ausgeschnittener Kragen, zur Folge hatte, daß das Kleid – und damit das ganze Leben – verpfuscht war.

Da war eine andere, die Gulia hieß, eine große, wasserstoffblonde, verbitterte Frau, die ein Dutzend Berufe ausprobiert hatte. Eine Zeitlang hatte sie eine Kosmetikschule besucht und als Mannequin gearbeitet, aber dann hatten eine schwere Krankheit und zwei Fehlgeburten ihre Kräfte aufgezehrt und sie abstumpfen lassen. Jetzt war sie Kellnerin in einem Restaurant, wo sie das Geschirr zerbrach und die Gäste verwünschte.

Tania indessen ging immer wieder zu ihnen, ging in die Geschäfte und durch die Straßen, starrte die vorübergehenden Frauen staunend an, horchte auf die Sprache, die sie nicht immer verstand, probierte in Gedanken alle Kleider an, bis sie völlig erschöpft war, und in ihren schlaflosen Nächten ordnete sie alles, was sie tagsüber gesehen und gehört hatte. Nadia sagte zu ihr: »Meine Liebe, als erstes mußt du lernen, dich zu waschen. Du weißt ja nicht einmal, wie man sich richtig wäscht.« Belowa behauptete, sie müsse sich das Haar rot färben und ausschließlich Schwarz tragen. Eine andere beschwor sie, dünner zu werden. Doch in allem lag Gleichgültigkeit ihr gegenüber, aus der schließlich Verachtung wurde. Nur Gulia gab ihr nie Ratschläge, obwohl sie zweifellos besser als die anderen wußte, was Tania zu tun hatte.

Und so begann Tania, sich nach und nach zu verändern, ohne sich auf andere zu verlassen, wobei sie immer vor Augen hatte, daß ihr Geld und ihre Erfahrung nur für eine einzige Ausstattung reichten, in der sie ausgehen konnte . . . wohin? In das russische Restaurant, wo »Tscharotschka« gesungen wurde, oder in ein anderes, wo es Stör und Haselhuhn zu essen gab, oder schließlich in ein drittes, eine Bar, in der argentinische statt russische Musik gespielt wurde, in der Tania am Abend saß, allein, mit ihrem sanften Gesicht, ihren weichen Brüsten und Armen und ihrem vollen, runden Mund und mit ihren langen Fingernägeln spielte, ein kaltes alkoholisches Getränk mit einem Strohhalm trank und sich *fast* nicht umblickte.

Aber in das sehr vornehme und sehr beliebte Nachtlokal ließ man sie nicht hinein, sei es, weil sie ohne Begleitung war, oder weil man dem Maítre d'hôtel ein Trinkgeld geben mußte, um das Privileg einer Einführung zu genießen. Schon an der Tür wurde sie von einem Arm aufgehalten, und eine samtige Baritonstimme forderte sie auf französisch, aber mit russischem Akzent, zum Gehen auf. Sie war so bestürzt, daß es ihr die Sprache verschlug. Unfähig, sich zu beherrschen, ging sie, den Tränen nahe, davon. Während sie überlegte, wie sie nach Hause käme, flüsterte ihr ein Draufgänger in Cape und Zylinder »Bezaubernd!« zu und hauchte ihr einen Kuß auf die Wange.

Ein Auto fuhr vorüber und bespritzte sie mit schmutzigem Wasser. Es war nach Mitternacht, zu spät, um noch woanders hinzugehen, und so ging sie nach Hause. Während sie auf ihrem Bett saß, weinte sie vor Zorn, und Tränen voll schwarzer Tusche fielen auf ihr bestes Kleid. Sie versuchte, es mit Benzin zu reinigen, machte dadurch aber alles noch schlimmer. Am liebsten hätte sie sich aus dem Fenster gestürzt. Ihr Zimmer lag jedoch im zweiten Stock (später sollte sie immer wieder daran denken und drohte deshalb nie damit), und so lehnte sie sich in den Innenhof hinaus, in dem es so fürchterlich stank, daß sie das Fenster sogleich wieder schloß.

Am nächsten Tag ging sie in ein Restaurant, in dem es nur teures Essen gab – keine Musik und keine Zigeuner. Als sie durch den Raum schritt, fiel ihr Blick auf eine Speisekarte, die auf einem der Tische lag, und sie stellte fest, daß es hier unter einhundert Franc nichts zu essen gab. Männer, die sie in gewisser Weise an ihren Vater erinnerten – kahlköpfige Männer mit Bärten, die das Essen gierig hinunterschlangen oder bereits verdauten –, saßen mit dem Rücken zur Wand und schenkten ihr keine Beachtung. Verzweifelt betrachtete sie einen Mann in mittleren Jahren mit vorstehenden Augen, der in seinen Zähnen stocherte. Sie begriff, daß niemand hier irgend etwas mit ihr anfangen konnte, und sagte, daß sie nur das Telefon benutzen wolle.

Als sie auf die Straße trat, wußte sie, daß es nur noch einen Ort für sie gab: das laute, polternde Zigeunerlokal, von dem Tata ihr erzählt hatte. Dorthin ging sie. Sie hatte Hunger. Musik empfing sie, sie bekam einen Platz in einer Ecke zugewiesen, und man nahm ihr zuvorkommend ihren hermelinbesetzten Mantel ab, der ihr einziges Vermögen war. Sie wußte sofort, daß sie in diesem Lokal finden würde, was sie suchte, und sei es auch nur für kurze Zeit. Es würde vielleicht nicht heute geschehen, vielleicht auch nicht morgen, aber es würde geschehen, und zwar genau hier.

Ein als Rumäne verkleideter Geiger und eine als Zigeunerin verkleidete Sängerin schluchzten über ihren Kopf hinweg. Eine schwere Rauchwolke hing über ihr, dort, wo die Decke sein mußte. Paare schwebten bebend an ihr vorbei. Eine lange Zigarettenspitze qualmte in ihrer weißen Hand. Sie legte sie auf den Tisch und streckte ihren vollen, enggeschnürten Busen vor; ihr Gesicht schimmerte wie ein Blütenblatt in dem schummrigen Licht des Restaurants. So saß sie da und sah zu und sah nichts. Ihre wartende Haltung, ihr heimlicher Hunger – fast ein Schmerz in ihrem tiefsten Innern nach den letzten Wochen – verliehen ihr etwas von der Sehnsucht eines unschuldigen jungen Mädchens, das, von Jasminduft umgeben, abends am Fenster des verschlafenen Elternhauses steht. So groß war der Durst in ihr, so verschwommen, rosig und bedrohlich erschien ihr alles, was vor ihr lag.

Später, als ihre demütigende, armselige Affäre mit dem rumänischen Geiger der Vergangenheit angehörte, war er in ihren Augen eher ein dem Menschen ähnliches Tier als ein Mensch. Nach eineinhalb Jahren des erniedrigenden Zusammenlebens mit ihm verließ sie, von Melancholie, Eifersucht und der Angst vor dem neuen Tag verzehrt, nach einer Operation das Krankenhaus. Sie war mager und mittellos, und in ihren Augen brannte Verbitterung. (Der Geiger war fort. Er hatte sich einer Kapelle angeschlossen und war nach London abgereist.) Sie ging wieder in dasselbe Lokal und kam am Ende zu diesem Schluß: Niemand liebte oder verehrte einen anderen Menschen bis ans Grab; es gab niemanden, hinter dem sie sich verstecken konnte, und so, wie es ihr ergangen war, erging es allen Tatas und Nadias, auch wenn sie es nie zugaben. Das bedeutete, daß sie lügen mußte, lügen und immer wieder lügen, daß sie sich vom Leben, soviel sie kriegen konnte, nehmen mußte und daß sie gut daran tat, ihren Fehler, ihr schändliches Zugeständnis an den schwarzäugigen Schuft, der sie mehrfach verkauft und dann fallengelassen hatte, zu vergessen, in Alkohol zu ertränken, aus ihrer Erinnerung zu tilgen.

Nur manchmal, wenn sie im Morgengrauen vom ersten Lärm in dem stinkenden Innenhof geweckt wurde, dachte sie voller Wut und Bitterkeit an jene Monate zurück, an das, was wie eine Zigeunerromanze begann und wie ein Feuer durch ihre Adern rann, ein leises Lied, das ihr zu Herzen ging und das später den Geruch schmutziger Laken verströmte, den Kloakengestank an einem nassen Novembertag, wenn braune übelriechende Abwässer an Lumpen und Präservativen vorbei durch den Rinnstein fließen, etwas Widerliches, in das man nicht hineintreten, worin man nicht mit dem Fuß versinken möchte. Dann lag sie ein oder zwei Stunden da, in diese Erinnerungen versunken, denn andere konnte sie nicht hervorholen, und danach sank sie in einen tiefen Schlaf. Später am Tag versuchte sie, jenes Gefühl wiederzufinden, jenen verlorenen Schwung, mit dem sie damals, nach dem Tod von Alexej Iwanowitsch, nach etwas gesucht hatte, das sie nicht näher beschreiben, doch ohne das sie sich ein Leben auf dieser Welt nicht vorstellen konnte. Dieses Unentbehrliche bestand aus Müßiggang und leiblichen Genüssen, mit anderen Worten, in ihrer eigenen Sprache gesagt, aus dem »Pariser Glück«.

Am Abend jedoch kehrte sie an den einzigen Ort zurück, der ihr auf der Welt geblieben war, einen anderen gab es nicht: das Zigeunerlokal. Und wenn sie in dem überfüllten, stickigen Restaurant saß und der dröhnenden Musik zuhörte, gab es Augenblicke, in denen sie den gekränkten, traurigen, schmerzlichen Ausdruck in ihrem Gesicht verlor. Und die Hand, die sich ihr über dem Tisch entgegenstreckte – eine kurze, kräftige Männerhand, die ein geöffnetes Zigarettenetui hielt –, gehörte einem Mann, dem gerade dieses müde, ratlose Gesicht an ihr gefiel. Sie nahm eine Zigarette, entwand ihm das Etui und legte es auf das Tischtuch. Unvermittelt drückte sie seine Hand und lächelte ihn unter Tränen fragend an.

»Was könnte es Besseres geben als eine russische Frau!« rief der Mann mit starkem Akzent aus.

»Bitte, sagen Sie mir, was könnte charmanter, üppiger, herrlicher sein als eine russische Frau?« Und die Musik schien diese Frage dem Gast zuliebe trommelnd und schluchzend zu wiederholen.

Vier Jahre. Dreimal in der Woche kam er – am Nachmittag – zu ihr, um sich von der Börse, von seiner Frau, von Bridgepartien, unbezahlten Rechnungen, ungedeckten Schecks und anderen Problemen, von seinem harten, geschäftigen Männerleben zu erholen. Jedesmal gab er ihr hundert Franc mit den Worten, daß er sich nur bei ihr, in diesem billigen, schmutzigen, anheimelnden Zimmer, wie ein Mensch fühle und nicht wie ein Tier. »Wird er mich heiraten?« fragte sie sich zuweilen. »Wird er sich scheiden lassen? Seine Frau verlassen?« Manchmal bat sie ihn, mit ihr auszugehen. Doch was, wenn man sie zusammen sähe und über sie redete? Sein Leben würde zerstört sein. Nein, er war vorsichtig, und kaum war er bei ihr eingetroffen, befahl er ihr, ihm seinen Hausmantel und seine Pantoffeln zu bringen und Tee zu kochen, und packte die Piroggen aus. »Er wird mich nicht heiraten. Er wird mich niemals heiraten«, sagte sie sich nachts und starrte grimmig auf seinen roten Hausmantel mit den Troddeln, der an der Tür hing, der *seinen* Geruch in dem Zimmer verströmte, der über *seine*

Sachen wachte. Wie glücklich war sie gewesen an dem Tag, als er mit seinem Geruch, seinem Schlafanzug und seinen Pantoffeln zu ihr gekommen war. Sie hatte das Gefühl gehabt, daß er praktisch zu ihr gezogen war. Es fehlte nicht viel und sie würde ihn ganz in ihrer Gewalt haben.

»Besorg dir eine Pistole«, sagte Gulia eines Tages. »Du mußt ihn nur ein bißchen aufrütteln. Was ist, wenn ihn ein Auto überfährt? Dann bist du wieder genau da, wo du angefangen hast – nirgendwo. Und jünger wirst du auch nicht gerade.«

Aber sie unterließ es, ihn mit einer Pistole zu bedrohen, und gegen Ende des vierten Jahres verschwand er. Er hatte gesagt, er sei eine Woche lang geschäftlich unterwegs, doch es verging fast ein Monat und er war immer noch nicht wieder dagewesen. Seine private Adresse, die er ihr gegeben hatte, stellte sich als falsch heraus. Es gab kein Haus mit dieser Nummer in der Straße. Sie hatte die Telefonnummer seines Clubs und rief dort an, aber man sagte ihr, er sei seit einem halben Jahr nicht mehr dort gewesen.

Sie war wie vor den Kopf geschlagen, irrte durch die Stadt, dachte daran, zur Polizei zu gehen. Ihr waren knapp fünfzig Franc geblieben, sie hatte sich Geld geliehen, um die Zimmermiete bezahlen zu können, sie war wieder allein. »Das Schwein hat mir nicht einmal genügend gegeben, damit ich etwas auf die Seite legen konnte«, dachte sie. Zornig und verzweifelt, ohne sich gewaschen und gekämmt zu haben, machte sie sich auf den Weg zu Gulia. »Du bist zu Hause? Bist du nicht zur Arbeit gegangen?« Gulia saß am Fenster, ein Kätzchen auf ihren dicken Schenkeln, eine Kreuzstichstickerei in den Händen. Ihr war von dem Restaurant gekündigt worden, und sie stickte jetzt in Heimarbeit.

»Wenn du willst, kannst du es auch tun«, sagte sie mit ihrer heiseren Stimme. Asche fiel von ihrer Zigarette auf das rote Stickgarn und das himmelblaue Leinen. »Du könntest neunzig Centime in der Stunde verdienen. Du würdest wenigstens nicht verhungern.«

»Und die anderen Frauen?« dachte Tania. »Die schlanken, eleganten, zufriedenen, glücklichen Frauen, die als Sekretärinnen und Verkäuferinnen arbeiten, mit ihren Chefs zusammenleben, Ski laufen fahren und sich schöne Kleider kaufen? Warum nicht ich?« In den dunklen Schaufenstern sah sie sich prüfend an: verweinte Augen, älter geworden, mit schlaffen Brüsten und Hüften, mit ihrem schiefen Gang, ohne Handschuhe. »Die Wahrheit ist, daß es so etwas gar nicht gibt«, sagte sie sich. »Ein oder zwei Monate lang, vielleicht. Lügnerinnen. Sie sind ein Dreck. Genau wie ich.« Tränen strömten ihr über das Gesicht, und sie wischte sie mit der Hand fort.

Und die Restaurants? Sie kannte jetzt alle ihre Besonderheiten. Das Zigeunerlokal war geschlossen, an seiner Stelle hatte ein anderes geöffnet. Das vornehme Restaurant, wo sie damals nicht eingelassen worden war, gab es noch – Tatoschkas Liebhaber hatte sie einmal dorthin mitgenommen. Mit Nadia hatte sie einige Male in dem Restaurant gegessen, wo die Männer sie so schrecklich eingeschüchtert hatten. Was machte es schon, wenn sie nicht mehr jung waren? Was machte es, wenn sie sie an ihren Vater erinnerten? Letzten Endes waren sie wie alle anderen Männer auch, und einige hatten Nadia und sie sogar ziemlich angestarrt.

Doch mit ihrem alten Kleid und weniger als hundert Franc in der Tasche konnte sie dort nicht hingehen. Sie lief noch ein paar Tage durch die Stadt, sah noch einige Male bei Gulia hinein und begann zu sticken.

Am ersten Tag verdiente sie neun Franc, am zweiten elf. Am dritten Tag blieb sie im Bett und weinte von morgens bis abends, arbeitete für vier Franc und ließ sich anschließend mit geschwollenen Augen wieder aufs Bett fallen. Am vierten Tag kaufte sie für siebeneinhalb Franc einen halben Hummer, den sie mit Mayonnaise verzehrte. Hummer mit Mayonnaise liebte sie mehr als alles auf der Welt. Am Abend dieses Tages war sie mehr oder weniger betrunken. Sie hörte nicht einmal zu, als die Wirtin ihr sagte, sie solle sich um die Miete keine Sorgen machen, damit könne sie sich Zeit lassen. Am fünften Tag ging sie zu Fuß zu Gulia; sie hatte nicht genug Geld für die Metro, und sie hatte nichts gegessen. Gulia hatte keine Arbeit für sie, aber sie gab ihr etwas Kaffee.

Am selben Abend lieh sich Tania bei Nadia hundertfünfzig Franc, einen Hundertfrancschein und fünfzig in Münzen, aß mit ihr zu Abend, ließ eine Flut von großtuerischen Lügen über sich ergehen, zahlte ihr mit gleicher Münze heim, und am nächsten Morgen, nachdem sie drei Franc für Essen ausgegeben hatte, begann sie zu überlegen, was sie nun tun solle. Mit zitternden Händen zählte sie das Geld. Sie hatte zwei Möglichkeiten, von denen die eine die andere ausschloß.

Die erste war, mit dem Geld eine Pistole zu kaufen, sich satt zu essen und sich dann umzubringen. Die zweite war, zum Friseur zu gehen und sich das Haar legen und die Füße pediküren zu lassen, ein hübsches Kleid anzuziehen und irgendwo essen zu gehen – mit dem Ziel, daß jemand anders für sie bezahlte und sie gemeinsam das Restaurant verließen. Sie ging zum Spiegel hinüber und machte das Gesicht, das sie immer machte, wenn sie sich im Spiegel betrachtete – und sonst nie. Dann nahm sie all ihren Mut zusammen und begann, sich zurechtzumachen.

Es war Viertel nach acht. Sie war ein wenig spät dran. Sie brachte es nie fertig, pünktlich zu sein. Sie trug ein schwarzes Kleid, und ihr welliges, aufgetürmtes Haar sah unter einem schwarzen Hut hervor; sie hatte es kürzlich rot gefärbt, aber an den Schläfen war es bereits schwarz nachgewachsen. Der Kragen ihres Persianermantels verdeckte ihren dicken weißen Hals, und als sie ihn zurückschlug, stieg ein warmer, parfümierter Lufthauch auf und hüllte wie Nebel ihr Gesicht ein. Ihr letztes Paar Strümpfe und die Riemen ihrer Sandaletten bildeten ein Gitter über ihren Füßen. Sie trat wieder vor den Spiegel, und wieder machte sie ihr Spiegelgesicht – ein zufriedenes, ruhiges Gesicht, wie sie es gern gehabt hätte. Sie betrachtete sich lange. Hübsch! Sie hätte einen kleinen Hund brauchen können, ein weiterer Vorwand, Bekanntschaften zu machen. »Du Närrin! Warum hast du deinen Juden nicht gleich am Anfang, als er noch nett war, dazu gebracht, dir einen Hund zu schenken?« Nett? Ja, nett war er gewesen im ersten und zweiten Jahr ihrer ... nennen wir es Liebe, als er ihr diesen Pelzmantel schenkte und sich ihre sämtlichen Launen, ihre Verdächtigungen, ihr häßliches, verweintes Gesicht gefallen ließ. Später, als sie ihm Vorwürfe machte, weil er sie nicht heiratete, als sie ihm drohte, nicht von ihm zu lassen, hörte er auf, nett zu sein. Und er hatte recht. »Ich hätte mich zurückhalten sollen. Es ist alles meine Schuld«, sagte sie plötzlich zu sich. »Oh, du arme, unglückliche Närrin!« Sie war allein mit ihrem Spiegelbild. Sie griff nach der quietschenden Tür des Espenholzschrankes, öffnete sie und schloß sie wieder. »Er war nett, er war gut, und es hätte so bleiben können«, schien eine Stimme in ihr zu sagen. Aber da war noch etwas anderes: »Du wirst jetzt entweder sticken, oder du wirst auf den Strich gehen.« Sie legte die Hand auf den Spiegel, um ihren verzerrten Mund nicht sehen zu müssen. »Dir steht das Wasser bis zum Hals«, hörte sie die innere Stimme sagen und sprach es laut aus. Und sofort sah sie wieder ihr verzerrtes Gesicht.

Ihr Selbstvertrauen, die Gewißheit, daß sie das Richtige tat, verließen sie. »Leg dich ins Bett. Laß dich gehen. Kauf dir eine halbe Flasche Brandy. Betrink dich ...« Sie widerstand der traurigen Versuchung, knöpfte noch einmal ihren Mantel auf und wieder zu und ging aus dem Zimmer.

Als Tania das Restaurant mit dem betont strengen Dekor betrat, waren nicht mehr als ein Drittel der Tische besetzt: in der rechten Ecke ein älteres Paar, links ein junges Paar, hinter ihnen weitere Gesichter, von Männern, nicht eben jung, dachte sie (all dies mußte sie in wenigen Sekunden überblikken). Drei Männer, die mit ihren Vorspeisen und ihrem Wodka beschäftigt waren, saßen weit im Hintergrund. Der Oberkellner wollte sie neben das junge Paar nahe der Tür setzen, aber sie ging unbeirrt an ihm vorbei und nahm weiter hinten Platz, an dem Tisch neben den drei Männern. Zwei Kellner eilten herbei, aber sie behielt ihren Mantel an. Sofort flog ihr eine Speisekarte in die Hände, das Besteck wurde aus der dünnen Luft hervorgezaubert, und ihr blieb keine andere Wahl, als ihre Serviette auszubreiten.

»Er war nett. Er konnte nett sein«, sagte sie sich wieder. Sie fühlte, wie sehr die zurückliegende Woche sie erschöpft hatte. Sie dachte an ihr Gesicht und lächelte schwach nach einer Seite, aber niemand sah zu ihr herüber. In diesem Augenblick kamen zwei weitere Männer herein, Franzosen offensichtlich, die sich an einen Tisch ihr gegenüber setzten. Doch sie fühlte, daß sie der Situation einfach nicht gewachsen war; sie wollte so schnell wie möglich essen und fortgehen, sie mußte mit ihren Gedanken allein sein. »Alles gründlich überdenken. Eine ganze Nacht lang schlafen. Aber was wird morgen?« fuhr es ihr durch den Kopf. »Morgen wird es mir wie Gulia gehen oder anders ... Ich werde arbeiten. Als Dienstmädchen. Dienerin sein. Die Kellner, die hier herumrennen, sind auch Diener.« Sie begann, einen von ihnen zu beobachten, einen großen, kahlköpfigen Mann in mittleren Jahren, der eine kurze weiße Weste trug. Seine behaarten Hände machten sich über ihrem Gedeck zu schaffen. Er brachte die Soljanka. Er trug den Stör auf.

»Pilze für den Tisch links«, flüsterte ihm im Vorbeigehen ein etwas jüngerer teiggesichtiger Kellner zu, der zwischen den Fingern saubere Gläser mit dem Fuß nach oben balancierte.

»Verstanden«, antwortete der Kahle mit lautloser Stimme.

Er servierte Tania die Suppe und ging mit wiegenden Schritten davon. Fast hätte sie ihn aus den Augen verloren zwischen den vier anderen Kellnern, die genauso aussahen wie er. Ein seltsames Gefühl überkam sie, während ihr Blick ihm folgte. Dann erschien er wieder: Eine kleine ovale Platte mit marinierten Pilzen in der Hand, segelte er durch den Raum. Er entkorkte eine in eine Serviette gehüllte Flasche Wein und rollte den Käsewagen in eine entfernte Ecke. »Wofür lebt ein solcher Mann?« fragte sie sich. Der Kellner flitzte hin und her, er trug schmutziges Geschirr davon. Plötzlich sah Tania, wie er an der Anrichte etwas von einem Teller nahm und sich gierig in den Mund stopfte. Sie ekelte sich.

»Wofür lebt ein solcher Mann? Mein Gott, wofür? Und ich, wofür lebe ich? Was für einen Sinn hat das alles?« dachte sie und empfand Mitleid mit ihm und mit sich selbst. »Wofür leben die Menschen überhaupt?« Sie versuchte einen Augenblick nachzudenken. »Zu ihrem Vergnügen. Ja, das ist es. Die Menschen leben zu ihrem Vergnügen. Aber wo ist das Vergnügen in seinem oder in meinem Leben?«

»Hat Ihnen der Stör nicht geschmeckt, Madame?« fragte er respektvoll, als er sah, daß sie die Soljanka nicht aufgegessen hatte.

»Doch, doch, er hat mir geschmeckt.«

Mit einer geschickten Bewegung seiner behaarten Hände zog er die Suppe und etwas anderes fort und kam mit einem Truthahnflügel auf einer ovalen silbernen Platte zu ihr zurück. Er stand sehr aufrecht, während er ihr servierte, und bewegte dabei nur die Hände.

»Wünschen Sie eine Flasche Rotwein?«

Sie bestellte eine halbe Flasche *Nuits St. Georges*. Einer der Männer am Nebentisch sah mit weit aufgerissenen, hellbraunen Augen zu ihr herüber. Einen Augenblick lang schien er etwas klären, etwas rekonstruieren zu wollen. »Garçon! Auch hier eine Flasche *Nuits!*« rief er, als ihm klar wurde, was ihm fehlte. Tania wandte sich ab.

»Wofür lebt ein solcher Mann?« fragte sie sich wieder. »Mein Gott, wo ist er denn? Da wankt er mit der Soßenschüssel vorbei. Was für ein müdes, altes Gesicht er hat! Und was für ein sonderbarer Schädel! Er raucht wahrscheinlich viel. Er hat sich durchs Rauchen Zähne und Herz ruiniert. Und ich, wofür lebe ich? Warum gebe ich mir solche Mühe? Was soll das alles? Warum werde ich sterben? Und wie? Ich muß mich zusammennehmen. Ich werde nicht mehr intrigieren oder auf andere neidisch sein. Das muß aufhören.«

Mit geheimnisvoller Symmetrie standen zunächst das ältere und gleich darauf das jüngere Paar von ihren Tischen auf. Der kleine Türsteher mit dem Spitzbauch und den dünnen, krummen Beinen half ihnen in ihre Mäntel. Sie gingen hinaus. Ihre Nachbarn am Nebentisch verlangten die Rechnung, entrissen sich gegenseitig das Stück Papier und stießen dabei die Karaffe um; schließlich trug der Mann mit den hellbraunen Augen den Sieg davon. Tania hielt lange ein gefrorenes Pfirsichstückchen in ihrem Mund und beobachtete sie – nicht ihre Gesichter, sondern wieviel Trinkgeld sie liegenließen – und dann den kahlköpfigen Kellner, der jetzt ein gleichgültiges Gesicht aufsetzte, einen Bückling machte, das Geld einstrich, sich bei ihnen bedankte und eilfertig die Stühle hinter ihnen wegzog.

Daraufhin übergab er sie der Obhut des Oberkellners, der sie seinerseits dem Türsteher übergab, und der Türsteher, nunmehr auf der Straße, übergab sie dem Taxichauffeur. Der Kellner hatte inzwischen wieder sein altes Gesicht aufgesetzt.

»Kaffee, bitte«, sagte Tania, nur die Lippen bewegend.

Es war soweit! Das Essen war vorbei, und sie würde es selbst bezahlen. Es war alles sehr gut gewesen. Wie schnell sich das Lokal geleert hatte! Der Kellner mit dem teigigen Gesicht und ein anderer, etwas jüngerer, stürmten an ihr vorbei, den Arm voller Servietten, und gleich darauf ein weiteres Mal, mit schmutzigen Gläsern, diesmal mit dem Fuß nach unten. Die Franzosen waren wohl noch da, aber sie waren jetzt in Gesellschaft von Frauen. Sie hatte sie nicht hereinkommen sehen: Sie waren elegant, fröhlich, lebhaft. Da saßen sie, zu ihrem Vergnügen. Jetzt kam der große Kellner zurück. Er zündete die Flamme unter ihrem Kaffeefilter an.

»Nicht sehr viele Leute hier«, sagte Tania. Sie wußte selbst nicht, warum sie es sagte. »Es ist schön, wenn nicht so viele Leute da sind.«

»Ganz recht. Es ist sehr angenehm.«

Er entfernte sich. Die Spiritusflamme brannte, und der Kaffee kochte. Er kam gerade rechtzeitig zurück.

»Sind mittags mehr Menschen da?« (Warum frage ich das? Ich komme doch sowieso nie wieder hierher.)

»Das kann man wohl sagen! Manchmal sind sie noch um drei Uhr da.«

»Das ist sicher sehr anstrengend.«

»Man gewöhnt sich daran. Ich arbeite seit über neun Jahren hier.«

»Was haben Sie vorher gemacht?«

Doch er war bereits gegangen, um die Zuckerzange zu holen, er humpelte leicht. Wieder beobachtete sie seine behaarten Finger, und sie stellte sich seine schmale, eingesunkene, dichtbehaarte graue Brust unter seiner kurzen Weste vor.

»Vorher? Wann meinen Sie?« Er tänzelte um sie herum, und ein verwirrtes Lächeln huschte um seinen Mund.

»Vorher. In Rußland.«

»Ich habe für meinen Glauben, meinen Zaren und mein Vaterland gekämpft«, sagte er in verschwörerischem Ton.

Sie rührte ihren Kaffee um und sah ihn an. Er stand an ihrer Seite, hoch aufgerichtet, soweit es ihm sein krummer Rücken erlaubte.

»Sie sind doch nicht etwa aus Petersburg?«

»Allerdings! Kavallerieakademie Nikolajewskij.«

Sie sah einen langen Korridor vor sich und konnte sich nicht vorstellen, was am Ende dieses Korridors sein würde.

»Ich kannte Achlestow und Zauné von der Nikolajewskij-Akademie. Sie waren oft bei meiner älteren Schwester zu Besuch.«

»Achlestow kannte ich. Er war vier Klassen unter mir.«

So! Jetzt würde sie ihm die Möglichkeit geben, sich zu entfernen, damit er die Dessertplatten einsammeln und sie eine nach der anderen zur Anrichte tragen konnte, bis zum nächsten Tag. Er kam zurück, blieb neben der Kasse stehen, eine Serviette unter den Arm geklemmt, und ließ den Blick über die letzten Gäste schweifen. Die anderen huschten noch in der Nähe der Tür herum. Hätte sie am Fenster gesessen, wäre sie nicht von ihm bedient worden, sondern vielleicht von dem abstoßenden Blonden mit den durchscheinenden Nasenflügeln. Er konnte sich jetzt ruhig entfernen: Das Spiel war gewonnen. Eine kleine, zarte Verbindung war nun zwischen ihnen hergestellt, durch Lila und durch den hünenhaften, seit langem verstorbenen Achlestow, vor dem Tania als kleines Mädchen so große Angst gehabt hatte, als er sie eines Tages gepackt und mit ihr getanzt und dabei grob ihr Kleid zerknittert hatte.

Er sah zu ihr hinüber. Nein, sie hatte noch immer nicht die Rechnung verlangt. Er ging an ihr vorbei.

»Sagen Sie mir doch . . .« Sie glaubte, er hätte ihr Murmeln nicht gehört, aber er hatte es gehört, und wieder tänzelte er um sie herum, seinen langen Schädel zur Seite geneigt. »Vielleicht haben Sie meine Schwester gekannt, Lila Schabunina? Ich bin Tania Schabunina. Das ist mein Mädchenname. Ich war verheiratet. Nein? Und die Wertjajews?« (Ein komischer Name – die »Spinner«!) »Wir waren oft bei ihnen. Und da waren auch die Filantijews. Ich erinnere mich an die Weihnachtsfeiern bei ihnen. An die vielen Kinder. Sie waren alle älter als ich – meine Schwester und ich sind sechs Jahre auseinander. Die Filantijews! Sie wohnten in der Nähe der Tschernytschew-Brücke. Dann waren da noch die van Gogens ... Mein Vater hat unter Kirkilewitsch gedient. Haben Sie Kirkilewitsch nicht gekannt? Seine Tochter ist jetzt mit Tswetskow verheiratet. Aber von der Nikolajewskij-Akademie? Nein. Ich erinnere mich an Ochotnikow von der Artillerieakademie Konstantinowskij. Sein Vater war ein hohes Tier.«

Er schob einen Aschenbecher unter ihre brennende Zigarette.

»Tatsächlich«, antwortete er mechanisch. Er machte eine ungeschickte Verbeugung und ging davon, um die Rechnung zu schreiben. Einer der runden weißen Kronleuchter erlosch, aber Tania bemerkte es nicht.

»Heda!« sagte die Frau an der Kasse zu ihm. »Ihre Bekannte hält uns auf. Es ist schon nach zehn.«

Er nahm hastig die Rechnung an sich und stürzte zur Anrichte. Er hatte den verzehrenden, unbedingten Wunsch, eine Minute lang allein zu sein – er brauchte Einsamkeit und Ruhe, um sich an etwas zu erinnern, um etwas rekonstruieren zu können.

Er öffnete die Tür zu der engen Garderobe, in der es dunkel war und nach Kohl und alten Kleidern roch. Hier hingen auf schmalen Bügeln die dunklen Jacken der Kellner. Seine eigene erkannte er an dem besonders leichten Cheviotstoff. Er ergriff den leeren Ärmel, drückte ihn fest und dachte nach.

Er wünschte sich leidenschaftlich, etwas rekonstruieren zu können, aber es gelang ihm nicht. Er gehörte zu den Menschen, die bei dem Satz »Die Fenster des Hauses gingen auf einen Garten hinaus« an ein verfallenes, altes Haus auf dem Land dachten, das sie zufällig einmal gesehen hatten und das seitdem in ihrer Erinnerung einen festen Platz einnahm. Hörte er den Satz: »Der Zug fuhr langsam in den Bahnhof ein«, sah er unweigerlich die schwarze Lokomotive vor sich, die bereits an einem halbverfallenen Wasserreservoir stehengeblieben war, hörte fernen Kanonendonner, sah eine polnische Inschrift auf einer gläsernen Bahnhofstür und den weißlich-blauen Horizont, der über die langen Jahre hin seinen Reiz verloren hatte. Alles, was keinem unverrückbaren Bild in seinem Gedächtnis entsprach, blieb nicht haften und war ihm deshalb seit langem entglitten. Doch soeben war ihm etwas

Seltsames widerfahren: Die Wörter »Tschernytschew-Brücke« und »Weihnachtsfeier« waren wie eine Lawine durch seinen Kopf gerast, und was von der Staubwolke und von Tanias Wortschwall zurückgeblieben war, hatte sich ihm eingeprägt und erfreute und rührte sein Herz.

Ein zartes kleines Mädchen in einem roten Kleid nimmt eine glitzernde Glaskugel vom Zweig eines Weihnachtsbaums und zerdrückt sie zwischen seinen dünnen, verschwitzten Fingern. Er trägt seine Uniform; er hat sich sorgfältig gewaschen, auf seinen goldenen Locken sitzt ein Dreispitz, der leicht zur Seite gerutscht ist, ebenfalls frisch gesäubert. Der Glasstaub rieselt über die Hände und das Kleid des Mädchens. Vielleicht ist die Frau, die dort sitzt und raucht und sich die Nase pudert – vielleicht ist sie das Mädchen? Nein, natürlich ist sie es nicht. Dann ist sie vielleicht die Schwester? Nein, so etwas kommt nicht vor! Dann hat sie das Mädchen vielleicht gekannt oder gesehen. Die Filantijews.

Mehr nicht. Er konnte sich an nichts anderes erinnern, keine weiteren Zusammenhänge erkennen. Aber es hatte gereicht: Bruchstücke eines sonnigen Sommertags in seiner Kindheit rannten, rollten, fluteten plötzlich über ihn hinweg – seine Jacke, die am Riegel hängenblieb, als er aus dem Fenster sprang. Auch andere Tage, fröhliche und traurige, und sehr sehr bunte Bilder zogen an ihm vorüber – so schnell, daß er sie nicht festhalten konnte. Enge weiße Handschuhe an seinen kleinen Händen und sein langer Kadettenmantel und alles Stolze und Schreckliche, das nach seinem Eintritt ins Korps geschah. Die wilde, wunderbare, mutwillige Freiheit im Frühling und dann wieder das blaue Dezemberwetter und die Kreuzung in der Nähe der Börsenbrücke, wo er sich aus irgendeinem Grund immer vorstellte, wie ein Passagierdampfer bei dichtem Nebel in die Newa einfuhr, die Ufer auseinandersprengte und sich aufblähte, bis er die Peter-Paul-Festung überragte. Und noch etwas: die schluchzenden, schrillen Blechinstrumente, das Jaulen der Regimentstrompeten über dem Sarg seines Vaters. Sand und Schnee. Und Stille. Und am schwarzen Nordhimmel ein Komet, den er eines Nachts von einer Fensterbank aus erblickt hatte. Und noch etwas anderes, etwas ... bevor alles auseinanderbrach: in Leben, Krieg, Arbeit, Trinken, Heirat, Flucht. Bevor ihn all das in diese Garderobe führte, in das verräucherte Dunkel des Anrichteraums, zu Tellern, deren Ränder mit Senf verschmiert waren, zu Salatblättern, die an seinen

Fingern klebenblieben, zu den halb geleerten Gläsern, aus denen er oft einen eiligen Schluck nahm.

Er drückte und zerknitterte den dünnen Ärmel dieser Hülle auf ihrer hölzernen Schulter. Er zog an ihm, erwartete, daß eine Glocke erklänge, ein Sturmläuten durch das ganze Universum hallte, und vielleicht würden die Menschen auf ihn zugelaufen kommen... Doch alles war still. Nur Schritte und Stimmen drangen gedämpft an sein Ohr. Alles war still.

Er öffnete die Tür und ging wieder in den Raum.

Sie saß da wie zuvor, aber jetzt war sie der letzte Gast in dem halbdunklen Restaurant. Die Tischtücher waren abgenommen worden, die Kellner rannten hin und her, stellten die Stühle aufeinander, bedrängten sie von allen Seiten. Der Oberkellner, der seinen Frack schon ausgezogen hatte, stand vor der Registrierkasse, und der Besitzer war erschienen – ein gutgekleideter Pole, der das »r« aussprach wie ein Franzose. In seiner Brusttasche steckte ein buntes Tuch. Er pfiff, während er das Rechnungsbuch durchblätterte. Sie saß noch immer da. Sie hätte gehen können, aber sie konnte nicht. Oder vielmehr: Er konnte sie nicht gehen lassen, sie mußte ihm noch etwas sagen, sie würde ihn an etwas erinnern. Diese wunderbare, sanfte, flüchtige Schönheit in ihrem Gesicht, und wie sonderbar ihm alles vorkam: ihre Augen, ihre Finger, ihre Stimme. Sie hatte »Achlestow« gesagt. Wer war dieser Achlestow? Vielleicht war es der, der 1918 . . . Und jetzt war er von den Toten auferstanden, war auferstanden und hatte sie heute an diesem Ort zusammengeführt.

Er legte Tania die Rechnung vor.

»Gestatten Sie, daß ich mich Ihnen vorstelle«, sagte er. »Leutnant Bologowskij.«

Sie legte einen Geldschein auf den Tisch, klopfte darauf und hob den Kopf. »Sehr erfreut.«

Er eilte zur Kasse, ließ sich das Wechselgeld herausgeben und kam zurück.

»Daß eine solche Begegnung möglich ist! Erstaunlich! Sind Sie schon lange von zu Hause fort?« (Er konnte nicht anders. Und doch, was ging es ihn an, ob sie seit zehn oder seit fünfzehn Jahren oder noch länger in der Welt herumzog?)

»Oh, schon seit sehr langer Zeit.«

Sie nahm das Wechselgeld an sich und ließ ein Trinkgeld liegen. Mit starrem Lächeln gab der Ober jemandem ein Zeichen mit dem Kopf, und der teiggesichtige Kellner kam herbeigelaufen und strich mit seinen großen, dunklen Händen das Geld ein, wobei er sich mit leiser Stimme bedankte.

»Gestatten Sie.« Und jetzt machte er eine Verbeugung, sein Kopf sank zwischen seine Schultern, und sein Rücken wurde schmal und rund. »Könnten wir vielleicht zusammen hinausgehen? Leutnant Bologoswkij. Halten Sie mich bitte nicht für aufdringlich.«

»Können Sie denn schon gehen?«

»Einen Augenblick.«

Jetzt sah sie, daß sie schon lange hätte aufbrechen sollen. Sie öffnete ihre Puderdose, schloß sie wieder und holte ihren Spiegel hervor. Der Wein und das Essen hatten ihre Wangen gerötet.

Er erzählte sein Leben. Seine Ehe war zerbrochen, aber er sprach voller Stolz von seiner verheirateten Tochter, die in Bulgarien lebte und ihn immer besuchen wollte, es aus irgendeinem Grund jedoch niemals tat. Nach einer Stunde hatte er sein Leben aus sich herausgesprudelt – auf dem Weg zu einer russischen Bar irgendwo im fünfzehnten Bezirk von Paris, wo sie Anislikör tranken und er sich zu Hause fühlte. Sein Herz klopfte, und seine Hände (die zu waschen er in der Eile vergessen hatte) lagen zitternd auf der Zigarettenschachtel, während er versuchte, eine gewisse Ordnung auf dem Tisch herzustellen: Hier ist ihr Glas, hier ist meines, hier sind die Zigaretten, da sind die Streichhölzer, hier ist ihr schwarzer, warmer, duftender Handschuh, da ist ihre weiße, warme, duftende Hand. Eine Frau saß ihm gegenüber. Er wußte nicht mehr genau, wie es dazu gekommen war. Er hatte alles mögliche durcheinander getrunken. Er hatte seine Beine unter dem Tisch von sich gestreckt, wie Stiefel, wie Gamaschen, und er hätte schrecklich gern geweint. Das mußte das Alter sein. Auf keinen Fall würde er ihr sagen, wie alt er war. Sollte sie ihn ruhig für fünfundvierzig halten oder auch für fünfzig. Mochte sie denken, was sie wollte.

Er betrachtete ihre Brüste, ihre Hände, er sah kaum in ihr Gesicht. Es ging ihm plötzlich gut. Doch wie sollte man sich an alles erinnern, was man in seinem Leben erlebt hatte? Wovon hatte er doch gesprochen? Ach ja, von seiner wirren, verrückten, schmerzhaften Vergangenheit.

»Ich muß Ihnen allerdings gestehen, daß ich noch nie einen Abend wie diesen verbracht habe. Nein, so etwas habe ich noch nie erlebt. Sie dürfen nicht glauben, daß ich Ihnen schmeicheln will.«

»Selbst wenn es so wäre«, sagte Tania. »Frauen lieben Schmeicheleien. Sie als Mann sollten das wissen.«

Auch sie trank. Gegen Mitternacht sagte er, daß er großen Hunger habe, und sie bestellte Wodka und ebenfalls etwas zu essen, wenn auch nur, weil sie schon drei Gläser getrunken hatte. Zwei kreisrunde dunkle Schatten lagen um ihre Augen, und der Wodka hatte ihren Mund feucht und tief gemacht. »Worauf will er hinaus?« fragte sie sich in grüblerischem Rausch. »Heirat? Eine einzige Nacht? Mein Zuhälter werden? Und wenn ich ihn offen heraus fragte?«

Bei diesem Gedanken stieß sie plötzlich ein schrilles, trauriges Lachen aus. Sie senkte den Kopf und stützte ihn in beide Hände, damit er nicht auf den Tisch fiel.

Ihr plötzlicher Mangel an Selbstbeherrschung weckte seine Leidenschaft und seine Zärtlichkeit. Sie schluchzte heftig. Sie nahm ihr Glas und zerdrückte es zwischen ihren schmalen weißen Fingern.

»Um Gottes willen, Tatiana Arkadiewna!« rief er und brach in Schweiß aus. »Sie können sich verletzen.«

Ihre Hände und ihr Kleid waren mit Glassplittern übersät, doch jetzt brachte er kein Wort mehr über die Lippen. Die geballten Fäuste unter dem Tisch, ein Dröhnen im Kopf und ein Feuer im Herzen, saß er da und beobachtete sie, und ein Glücksgefühl, dessen Ursache sie war, durchströmte ihn. Er konnte sich an nichts mehr erinnern. Er versuchte, den Atem anzuhalten und nicht zu blinzeln, und durch den Schleier seiner Seligkeit wirkte alles berauschend, rein, glücklich und traurig zugleich.

Sie jedoch langweilte sich. Die Luft in der Bar, in der ein ehemaliger Gouverneur hinter der Theke stand, war von Fettgeruch und Tabakrauch durchdrungen. Die Papiertulpe mit dem Drahtstengel, mit der Bologowskij herumspielte, weil er nicht wußte, wohin mit ihr oder was mit ihr tun, streifte immer wieder ihr Gesicht. Von einer Photographie an der Wand sah ein Matador mit einer Gitarre in der Hand auf sie herab. All dies, auch der Mann, der ihr gegenübersaß, über dessen gestärkte Hemdbrust ein rotes Insekt kroch, schien solch ein Abstieg zu sein, solch eine fürchterliche Bestrafung, solch ein schneller Weg in den Untergang, daß sie sich voller Angst und Schrecken fragte, wie das Leben so grausam und hart mit ihr umgehen konnte.

»Wenn er versucht, mich zu küssen, werde ich ihn ohrfeigen«, nahm sie sich vor.

Aber er hielt ihre beiden Hände mit seiner großen rauhen Hand fest, und im Taxi umarmte er sie und drückte sie eng an sich, preßte seine rauhen Lippen auf ihre Lippen, sein hartes Gesicht gegen ihr Gesicht. Und gleich darauf war sie von Mitleid mit sich selbst und zärtlichen Gefühlen für sich erfüllt. Wofür kämpfte sie eigentlich? Warum? Mein Gott, wie traurig alles war. Sie suchte seine Augen im schummrigen Licht, eher aus Gewohnheit als aus Neugier. Völlig fremde Augen, in denen metallische Tränen glitzerten, und auch sein schütteres Haar – er hatte den Hut abgenommen – wirkte metallisch.

Schweigend ging er hinter ihr die Treppe hinauf, und dort oben, in ihrem Zimmer, in dem große Unordnung herrschte, in dem eine nackte Glühbirne an der Decke leuchtete und ein Chintzvorhang das Fenster verbarg, schob er sie grob und gierig vor sich her, hastig, und fiel zu Boden (während sie noch zögerte und über etwas nachzudenken schien). Aber es kam nicht so, wie er es sich vorgestellt hatte. Vollkommen erschöpft, berauscht von ihrer Wärme, fiel er in tiefen Schlaf, das Gesicht ins Kopfkissen gedrückt.

Das Haar zerzaust, die Augen schwarz verschmiert, in einem zerknitterten blauen Nachthemd lag sie im Bett; der eine Arm hing zum Boden herab. Der silberne Reifen, den sie trug, war alt, noch aus Rußland.

Er stand in seinem Mantel am Fenster. Draußen war ein drei Meter breiter Innenhof, ein finsterer und feuchter Schacht zwischen den Häusern. Es würde bald regnen. Über seinem Kopf sah er andere Fenster. Man mochte sich noch so weit hinauslehnen – kein Himmel. Rauch kam von irgendwo über ihnen und fiel in den Schacht. Mit seiner heiseren, eintönigen Stimme sang er:

»Regen, Regen, halte an,
wir gehen bald nach Astrachan.«

Sie hatte das letzte Wort falsch verstanden und wiederholte gähnend:

»Wir gehen in ein Restaurant.«

Er lachte amüsiert. Dann drehte er sich um, sah sie an, machte ein paar Schritte auf sie zu und drückte ihr einen Kuß auf den Kopf. Ihr rotes Haar verlor an Farbe und Glanz, und die Farbe wuchs heraus, der Scheitel war dunkel und hatte graue Strähnen.

»Hör bitte auf zu weinen«, sagte sie und hob die Hand vom Boden hoch, als wäre sie eine Hantel. »Warum weinst du denn schon wieder?«

Er weinte nicht. Er sah auf ihr Gesicht herab, er wartete, daß sie zu ihm aufblickte, damit er ihr zulächeln konnte.

»Du siehst aus, als würdest du gleich weinen. Deine Lider sind ganz rot. Du mußt irgend etwas an den Augen haben, dir läuft eine riesige Träne die Nase herunter. He, lächle doch, verdammt noch mal. Hast du es denn nicht gut?«

Behutsam strich er ihr über den Kopf und küßte sie noch einmal auf den Scheitel.

»Meine Zähne sind für ein Lächeln zu häßlich«, sagte er und lachte verkrampft.

Die Wahrheit war: Warum fand er es so entsetzlich traurig, sie anzusehen? Was bedauerte er? Immerhin war geschehen, was er am Abend ihrer Begegnung nie zu hoffen gewagt hätte: Sie war bei ihm, ihr Körper, ihre Wärme waren bei ihm. Er hatte eine Frau ganz für sich allein und keine, die jeder haben konnte. Sie erinnerte ihn an etwas, das er einst als eine Realität wahrgenommen hatte, jetzt dagegen eher für einen Traum hielt: Manchmal (o Gott, wenn sie es je erfuhr!) wurde er durch ihren Geruch und durch die flüchtige Berührung ihrer Hand in seinem Nacken an seine Mutter erinnert.

Er ging um elf Uhr zur Arbeit und kam um vier zurück, dann ging er erneut um sechs fort und kam gegen Mitternacht nach Hause. Und sie war immer da. Sie begleitete ihn zur Tür, sie wartete auf ihn. Sie lag neben ihm im Bett und wärmte ihn, und der Gedanke, daß sie bei ihm war, daß es ihr irgendwie gelungen war, zu ihm zurückzukehren und alles mitzubringen, was er verloren hatte, raubte ihm den Schlaf.

»Verstehst du, Tania, mein Kleines, mein Täubchen«, sagte er dann plötzlich, »ich bin so glücklich, daß ich nicht weiß, was ich daraus machen soll. Und auch traurig, denn aus irgendeinem Grund denke ich immer: Warum ich? Und weißt du, früher habe ich mich immer gefragt: He, was für ein Mensch bin ich eigentlich? Warum bin ich hier? Aber damit habe ich jetzt aufgehört, ich denke nicht mehr darüber nach.«

»Der große Philosoph!«

»Ha, schöner Philosoph mit einer Visage wie meiner! Aber das alles spielt jetzt keine Rolle mehr.«

»Gott sei Dank!« Sie erinnerte sich vage an den Abend in dem Restaurant, als sie allein gewesen war und selbst ein bißchen philosophiert hatte.

»Ich muß jetzt gehen.« Das sagte er immer. Es war, als müsse er sich dazu durchringen, sie allein zu lassen. »Es muß sein. Es ist Zeit.«

Sie stand auf, warf einen kurzen Morgenrock über, band ihn in der Taille zusammen, ging auf bloßen Füßen zur Tür und wartete, bis er gegangen war.

Dann legte sie sich quer über das ungemachte Bett und hob die Zeitung vom Vortag vom Boden auf.

Früher hatte sie nie auch nur einen Blick in Zeitungen geworfen. Es kam vor, daß *er* seine Zeitung bei ihr liegenließ, aber sie hatte sie ungelesen beiseite gelegt. Menschen, die sie nicht kannte und nie kennenlernen würde, interessierten sie nicht. Doch seit einem Monat, seit dem Tag, an dem Bologowskij bei ihr eingezogen war (und das Gespräch drehte sich immer häufiger um die Papiere, die sie einreichen mußten, um heiraten zu können), seitdem er mit ihr zusammen war, fand sie Geschmack an pikanten Verbrechen, über die in allen Einzelheiten und mit außergewöhnlicher Kunstfertigkeit berichtet wurde. Sie endeten immer entweder mit einem blutdurchtränkten Laken oder mit einem steifen Handtuch, das verdächtige Flecken aufwies und immer übel roch – ein unheimlicher Gegenstand, der Tanias Phantasie beflügelte.

Es gab Dramen, die an die Abschlachtung eines Ochsen in einer Metzgerei erinnerten, und andere, in deren Verlauf eine aufgedunsene Leiche nachts lautlos ins Wasser geworfen wurde. Ein ahnungsloser Empfänger bekam Pakete zugesandt. Die Menschen bewaffneten sich mit Pistolen, Küchenmessern, Scheren. Aber am grausamsten und faszinierendsten waren die von einer Lüge inspirierten Verbrechen: ein Sprung von der Arithmetik zur Algebra. Nicht nur vernichten oder vernichtet werden – man mußte außerdem die ganze Welt hinters Licht führen, auch wenn man es mit dem eigenen Leben bezahlen mußte. Da ist eine Frau, die ihre Tochter um deren Liebhaber beneidet und dessen Ehefrau vergiftet. Sie wird zu lebenslänglichem Zuchthaus verurteilt, aber er gerät in den Verdacht der Mittäterschaft, ein Dritter tritt in Erscheinung (im Hintergrund lauert immer der unvermeidliche Dritte), und der Liebhaber erhält die Todesstrafe. Ist das nicht Algebra? Oder die andere Frau, die sich vor den Augen ihres Mannes erschießt, dem Kommissar aber gerade noch zuflüstern kann, daß nicht sie, sondern er abgedrückt hat, weil er sie loswerden wollte. Wieder ein Dritter, und er wird zur Zwangsarbeit abtransportiert. Und es spielt keine Rolle mehr, ob sie stirbt oder durchkommt. Wichtig ist nur, daß es auf dieser Welt Dinge gibt, für die es sich lohnt, einen hohen Preis zu zahlen.

Es war angenehm, sich mit solcher Lektüre die Zeit und die Langeweile zu vertreiben. Tania lag da, träumte mit offenen Augen und verwandte müßige Gedanken darauf, wie säuberlich und vollendet auch sie sich erschießen könnte. Sich erschießen, weil nichts nach ihren Wünschen verlief: Ihre Haare wuchsen grau nach, Bologowskij war arm, langweilig und alt, und es gab sonst niemanden und nichts, worauf sie sich freuen konnte. Sie lag auf dem Rücken und ließ ihre kalten, nackten Füße baumeln, die Arme im Nacken gekreuzt, die rasierten Achselhöhlen entblößt. Aber wessen Schuld war es denn? Wen sollte sie anzeigen? Pah, war es nicht alles ein und dasselbe? Es war ihr völlig gleichgültig, ob sie gerecht war oder nicht. Nur durfte sie kein Risiko eingehen. Der Kommissar, der ihre letzte Lüge anzuhören bereit wäre, würde vielleicht nicht auftauchen. (Und ein Priester würde wohl kaum zugegen sein. Obwohl es wunderbar wäre, bei der Beichte auf dem Sterbebett ein letztes Mal zu lügen.) Sie konnte kein Risiko eingehen. Nein, sie würde alles auf ihre Art in die Wege leiten. Sie würde Bologowskijs Geschick einfädeln wie eine Mutter das ihres Kindes.

Genug für heute. Sie zog sich an (löchrige Unterwäsche und ein altes rotes Kleid, das ihm aus irgendeinem Grund so gut gefiel) und ging zu Gulia. Dort hatte es wieder eine Veränderung gegeben. Gulia ging jetzt morgens mit einem reichen kleinen Mädchen spazieren, wofür sie ein paar Francs und ein Mittagessen bekam.

Das Kätzchen hatte ein scheckiges Fell bekommen, es kratzte sich, wanderte auf dem Tisch herum und schlief auf Gulias Kopfkissen. Das ganze Zimmer war von seinem süßlich-bitteren Gestank erfüllt und nicht von Gulias herbem Parfüm, bei dem Tania an vergällten Spiritus denken mußte.

Gulia hatte blasse Wangen. Ihr einst hübsches, jetzt verblühtes Gesicht, das aufgedunsen und kränklich aussah, ruhte in ihren großen offenen Händen. Unter ihrer niedrigen Stirn traten zwei große Augen hervor. Sie hatte die Knie weit gespreizt, und ihre in abgetragenen Pantoffeln steckenden großen dicken Füße mit den hervorstehenden Zehenknochen ragten wie zwei leblose, unbewegliche Schatten vor Tania auf. Gulia hielt eine billige Zigarettenspitze mit einem erloschenen Stummel zwischen ihren langen dicken Fingern. Mit ihrer tiefen, fast männlichen Stimme sagte sie:

»Heute ein Lakai, morgen vor die Tür gesetzt. Dann kann er sich lange anstrengen. Auf der Walze, ohne einen Heller. Er ist dir was schuldig.«

»Er ist noch auf den allerletzten Schafskopf eifersüchtig.«

»Auf seine Art hat er nicht unrecht. Du würdest auch den allerletzten Schafskopf nicht zurückweisen.«

Tania lachte beifällig. Es bedeutete, daß Gulia sie für eine *grande amoureuse* hielt. Eines Tages hatten sie davon gesprochen, daß Nadia und Tata keine *grandes amoureuses* waren. Tania fühlte sich geschmeichelt.

»Kein Geld, aber er spielt den großen Philosophen. Einerlei, er ist sowieso ein bißchen zu alt für mich, oder?«

»Allerdings. Dieser Hurensohn. Für wen hält er sich eigentlich? Eifersüchtig!«

Tania zündete sich eine Zigarette an.

»Gestern hat er mich gefragt: Soll ich dich umbringen oder heiraten?«

»Und warum?«

»Einfach so. Er ist hysterisch.«

Gulia raschelte mit den Füßen.

»Wofür leben wir, fragt er, du und ich und alle anderen Menschen?«

»Glaubt er etwa, er wäre Tolstoi? Sag ihm, daß er für seine Trinkgelder lebt.«

Wieder stieß Tania ein Lachen aus.

»Und was ist«, fragte sie und lachte und konnte den Blick von Gulias Füßen nicht abwenden, »was ist, wenn er mir tatsächlich die Kehle durchschneidet?«

Gulias Gesicht näherte sich plötzlich der Katze, die sich auf dem Tisch räkelte.

»Warum sollte er so etwas tun?«

»Ha! Muß es denn für alles einen Grund geben? Weil er sich langweilt.«

Dann sprachen sie über andere Dinge: Wie sie den Hut vom letzten Jahr aufputzen könnten, über Nadia, über Gulias Liebhaber, der Trinker war, über das einzig sichere Mittel, nicht schwanger zu werden ... Es wurde dunkel. Es regnete. Durch Gulias winziges Dachfenster war die Kreuzung zweier bläulichvioletter Straßen zu sehen. Die Straßenbahn projizierte einen himbeerroten Stern in das Dunkel, und der Asphalt war so naß, daß man oben und unten nicht unterscheiden konnte.

Die Tage vergingen, als teilte jemand sie wie Karten aus, Karten wie die, aus denen Ella Martinowna einst Tanias Zukunft gelesen hatte und mit denen Tania und Gulia jetzt hin und wieder spielten, wenn sie nichts mehr zu bereden hatten. Dienstag, Mittwoch, und wieder war eine Woche vergangen. Und eine weitere. Wieder ein Donnerstag. Und schon war es Samstag.

Abermals verschwand der himbeerrote Stern der Straßenbahn in der Ferne, als Tania ins Freie trat. Als sie zu Hause ankam, drängte es sie, hinauszuschreien: »Das hat es doch alles schon einmal gegeben!« Sie machte das Licht an und wartete auf Bologowskij. Er langweilte sie, aber ohne ihn langweilte sie sich noch mehr. »Meine Tassenka«, sagte er manchmal. »Du bist mein, mein, mein. Gott selbst hat dich zu mir geschickt. War es nicht ein Glück, mein Täubchen, daß du damals in unser Restaurant gekommen bist? Oh, du Leckermäulchen! Verschwendest dein letztes Geld, das du dazu noch mit Sticken zusammengespart hast, für Truthahn! Warte nur, mein Schatz, diesen Monat werde ich dir endlich Kaviar mitbringen, echten, frischen, schwarzen Kaviar.«

Sie blinzelte entzückt. Er küßte sie und trat hinter den Wandschirm, um sich auszuziehen. Wieder seine Geschichten: wer was bestellt hatte und wieviel Trinkgeld sie gegeben hatten. Sie hörte zu, hörte zu und schlief dabei ein, ohne sich gewaschen zu haben. Er hatte Angst, sie aufzuwecken, und legte sich darum vorsichtig neben sie. Die Luft im Zimmer war stickig und voller Zigarettenrauch. Es roch nach ihr, nach dieser Frau, seiner Frau. Er hatte eine Frau. Wie wunderbar und wie erschreckend! Er mußte seiner Tochter schreiben, daß er vorhatte, wieder zu heiraten. Er hatte Tania nicht erzählt, daß seine Tochter einen Sohn hatte, daß er einen Enkel hatte, der vier Jahre alt war. Herrjeh, würde sie überrascht sein! Wie es ihnen dort wohl ergehen mochte? Aber wen kümmerte das: Die Hauptsache war sie. Und daß er sie nicht aufweckte.

Langsam drehte er sich zu ihr um (aber seine Halswirbel knackten), und er sah einen Schimmer auf ihrem Gesicht liegen, denselben Schimmer, der sich im Waschbecken und im Schrankschloß spiegelte – es war wohl eine Spiegelung des Lichts, das durchs Fenster hereinfiel. Ihre Augen waren geöffnet, und sie sah über ihn hinweg.

»Tassenka«, murmelte er; er hatte Angst und wußte nicht wovor. Sie antwortete nicht, und seine Angst wurde noch größer. Er faßte sie hart an der Schulter, sie war warm, lebendig. »Was ist los?«

»Kann nicht schlafen«, stieß sie undeutlich zwischen den Zähnen hervor, und ihre Stimme klang so brüchig, daß es war, als hätte jemand anders es gesagt.

Er verstummte und lauschte mit aller Kraft. Sie atmete. Würde sie nichts sagen? Würde sie nicht näher an ihn heranrücken?

»Hast du je darüber nachgedacht, wie mein Leben ist?« Sie legte beide Hände auf ihre Brust. »Hast du je darüber nachgedacht, was all das soll?«

Er fühlte, wie ein Zittern durch seinen Körper ging, einen Schmerz zwischen Kehle und Herz und eine vorübergehende Taubheit, die auf seine Erregung zurückzuführen war. Binnen weniger Sekunden würde er ihre Stimme wieder hören können.

»... unerträglich. Hast du verstanden? Unerträglich! Damals hätte ich statt Hummer und Mayonnaise lieber eine Pistole kaufen sollen. Du hast den Morgenrock mit den Troddeln dort hängen sehen und nicht eine Frage gestellt. Du hast bloß gedacht: ihr Ehemann! Wie ermüdend! Laß mich um Himmels willen gehen.«

Er setzte sich im Bett auf, und in der Dunkelheit sah sie, wie er seinen langen Schädel abtastete, und sah dann, wie seine schmalen, hängenden Schultern wieder ruhig wurden.

»Ich halte dich nicht zurück. Warte, nein doch. Ich halte mich an dir fest. Du bist alles, was mir geblieben ist. Ich habe schon einen Enkel, Wolodja, Lidias Sohn. Was kann ich ... Tassenka! Was soll ich für dich tun? Was willst du? Vielleicht möchtest du ein Kind? Du weißt, jede Frau ...«

Sie hob ihren schweren Körper und setzte sich ebenfalls auf, neben ihm. Einen Augenblick lang brachte sie kein Wort hervor. Dann brach sie in Tränen aus und sagte schluchzend:

»Ich spreche von mir! Was redest du da? Ich tue alles mögliche, um keins zu bekommen, und du fragst! Guter Gott, wie kann man nur so einfältig sein! Gulia würde mich auslachen!«

Ihre Tränen, die Dunkelheit und die stickige Luft, die Lichtflecken, die wie Glühwürmchen von einem Gegenstand zum anderen hüpften – vor allem aber ihre Tränen wühlten in ihm auf, was noch ungetrübt gewesen war. Er machte das Licht an.

»Was ist los mit dir? Was ist? Tassenka ...«

Aber ihre Tränen hatten sie aus dem Konzept gebracht. Sie wußte nicht mehr, wie das Gespräch, wie das Weinen begonnen hatte und warum. Besaß sie nicht das, wovon sie all die Jahre geträumt hatte? Jemanden an ihrer Seite, der gewillt war, sie ihr Leben lang zu lieben und zu umsorgen, damit sie den ganzen Tag ungestraft faulenzen, alte Kleider ändern und Karten spielen konnte? Doch Ekel vor sich selbst und auch vor ihm hatten ihr den Schwung genommen. Sie wußte nicht, was das Leben war, aber dies war es nicht, das fühlte sie. Die Jahre liefen ihr davon. Wohin sollte sie jetzt gehen mit ihren bedrückenden Gedanken, dem Überdruß im Herzen, mit ihrer alternden Brust und ihrem häßlichen Gesicht? Wer würde sich ihrer annehmen und ihr sagen, was sie tun sollte? Es konnte nicht sein, daß alles auf der Welt so erbärmlich und so bitter war.

»Ich lasse dich nicht gehen. Ich liebe dich, und ich gebe dich nicht her. Ich halte mich an dir fest.« Er sagte es noch einmal. An der Decke brannte ein Licht. Er ließ die Schultern hängen, und durch die Öffnung seines Hemdes sah sie seine harte graue Brust.

»Mach das Licht aus«, sagte sie mit ruhiger Stimme. »Es ist Zeit, zu schlafen.«

Und tatsächlich schlief sie sofort ein.

Die Nacht war lang und floß dahin wie ein lautloser Strom, der ohne Ende war und niemals einen Anfang gehabt zu haben schien. Zum ersten Mal in all den Monaten, seit er bei Tania lebte, mußte Bologowskij, niedergeschlagen und sorgenvoll, an sein früheres Leben denken, und er zweifelte plötzlich daran, daß sie ihn glücklich machen könnte. Er wußte, daß in seinen Erinnerungen alles mehr oder weniger dieselbe Reihenfolge einnahm wie bei allen anderen Menschen – die unschuldige Kindheit und die Jugendsünden; sein schweres, mit seinem Vaterland verbundenes Schicksal; der Verlust von Haus und Familie, der Tod seiner Frau, die Heirat seiner Tochter. Seit zehn Jahren eine Anstellung als Kellner. Zwei, nein drei Frauen in dieser Zeit: eine Verwandte in mittleren Jahren, eine Freundin seiner toten Frau, mit der man ihn verheiraten wollte, und eine Französin, die er in einer Neujahrsnacht auf dem Boulevard kennengelernt hatte. In welchem Jahr? 1932? 1934?

Damals trank er. Es war keine besonders glückliche Zeit in seinem Leben gewesen, doch es war anderen genauso ergangen. Er wettete bei Pferderennen und trank. Seine Tochter schickte ihm Geld für eine Fahrkarte, und er vertrank auch die Fahrkarte. Dann ging es vorbei, und eine Müdigkeit überkam ihn, die ihn nachts manchmal am Einschlafen hinderte und schwer auf seinem Rücken und seinen Schultern lastete. Es war vor allem das Hin und Her mit den Tellern. Trotz allem wurde er von vielen beneidet.

Und dann war sie in Erscheinung getreten. Tatsächlich konnte er sich an den denkwürdigen Abend kaum erinnern. Sie hatte an einem Tisch gesessen und in ihrem Kaffee gerührt. Dann saßen sie einander gegenüber, und da war eine Papiertulpe gewesen, die ihn ebenfalls an seine Kindheit erinnerte. Später entdeckte er einen weißen Fleck unter ihrer linken Brust, eine Narbe, die von einem Geschwür aus Kindertagen herrührte, und zwei zarte, aber feste Sehnen in ihrer weichen, kräftigen Kniekehle. Das war es also? War das alles, was jene Jahre bedeuteten? Diese Jahre und all die anderen Jahre dazu? Der Kreis hatte sich geschlossen, alles war ihm zurückgegeben worden – vielleicht sogar mehr als versprochen.

Sorgenvoll und traurig? Warum? Sie lag neben ihm, sie träumte, und er erinnerte sich, sorgenvoll und traurig, erinnerte sich an sein Leben ohne sie. Und als er in Gedanken eine Brücke schlug über diese Nacht, die wie ein Strom vorüberzog, eine Brücke von der Vergangenheit zur Zukunft, wollte es ihm nicht gelingen, Tania an seiner Seite zu sehen. Wieder sah er nur sich allein, vollkommen einsam, noch einsamer als zuvor. Warum? Wohl weil es ihm an Phantasie mangelte.

Morgen, wieder ein Morgen, ein weiterer Morgen, und der gestrige war vergangen. Vielleicht hatte es ihn auch nie gegeben. Vielleicht war es derselbe Morgen, der sich endlos wiederholte, immer wieder. Die angeschlagene blaue Kaffeekanne zitterte auf dem Spirituskocher, und durch das offene Fenster hörte Tania die Spatzen zwitschern, als wäre Frühling. Ein Gedanke, immer derselbe Gedanke, nahm Tania den Atem. Ein einziger Gedanke.

Als Bologowskij zu ihr zog und seine beiden Koffer mitbrachte, hatte sie seinen Sachen kaum einen Blick gegönnt, voller Verachtung für den alten Plunder, für seine Reliquien und seine alten Kleider, auch für ein abgegriffenes Buch von Alexander Kuprin. Aber sie hatte damals zwischen den Lumpen einen nützlichen Gegenstand erblickt (schon damals!), und sie beschloß nachzusehen, ob es war, was sie vermutete.

»So, ich muß jetzt gehen«, sagte er automatisch. Kaum waren seine Schritte verhallt, öffnete sie den ersten Koffer, in dem jedoch außer ein paar alten, stark verschmutzten, gestärkten Kragen nichts war. Der zweite dagegen war fast voll. Tania setzte sich auf einen Stuhl, band ein Schultertuch über ihren Morgenrock und tauchte mit Kopf und Händen unter den Deckel.

Was hatte er da nicht alles! Alte Hosenträger und einige Dutzend verrosteter und schwarz angelaufener Rasierklingen, leere Patronenhülsen, eine Petroleumlampe ohne Glashaube, Bleistifte, Lumpen und einen Haufen grellbunter Socken mit Löchern, durch die eine Faust paßte, halb abgebrannte Wachskerzen, eineinhalb Meter gelbschwarzes Band für Sankt-Georgs-Kreuze, ein Etui, das ein in Seidenpapier gehülltes Offizierskreuz enthielt, ein Blatt Pergamentpapier mit Goldsiegeln, das an den Faltlinien brüchig war, Briefe über und unter den Socken. In einer Ecke lag, was sie zu sehen geglaubt hatte. (Jetzt fiel ihr wieder ein, daß er damals gesagt hatte: »Sie gehört nicht mir, nein, aber sie schießt ziemlich gut.«) Eingewickelt in ein Stück Bucharaseide (ein blaugelbes Paisley-Muster mit dunkelrotem Rand) lag eine kleine schwere Pistole, eine russische Browning-Version, deren Lauf in eine Ecke des Koffers zeigte.

Sie nahm sie zusammen mit dem Schal in die Hand, aber der Schal war so auffallend, daß sie alles in eine Zeitung wickelte, die gestrige, die sie bereits verschlungen hatte. Und als sie das Päckchen unter ihre Bettwäsche legte, dachte sie, daß schon jetzt eine Ähnlichkeit bestand mit einer, deren Geschichte sie am Tag zuvor gelesen hatte, deren Photographie . . .

Sie hatte einen Plan. Wie ein Militärbefehlshaber, wie ein Reisender oder ein Verbrecher hatte sie ihren ureigenen Plan. Sie hatte ihn sich in den vergangenen Tagen ausgedacht, während sie allein zu Hause war, und nicht nur ihr Verstand, sondern ihr ganzes Inneres wurde davon in Anspruch genommen. Der Gedanke daran machte sie durstig, daher stand sie auf und ging zum Waschbecken und trank direkt aus dem Wasserhahn. Als nächstes mußte sie zwei Vorkehrungen treffen: einen Brief schreiben, einen einzigen, kurzen Brief, einerlei an wen – warum nicht an Belowa, die ordentlich war und ihn sicher aufbewahren würde –, und sie mußte Gulia ein letztes Mal besuchen und ihr sagen: Ich habe so ein komisches Gefühl, ich fürchte mich.

Nein, da war noch eine dritte Maßnahme, die vielleicht wichtiger war als die anderen: Sie mußte die Concierge des Hotels warnen, sie in Sorge versetzen. »Oh, Herr Inspektor, da habe ich gleich gedacht: Dieses Ungeheuer, er wird die Frau noch umbringen. Sie hat mich so ängstlich angesehen, als sie sagte: ›Ja, wir gehen morgen abend bestimmt in den interessanten Film.‹ (Wir haben ein Kino gleich gegenüber, Herr Inspektor. Wir gehen einmal in der Woche hin und alle unsere Mieter auch.) ›Wir gehen bestimmt hin‹, hat die arme russische Frau gesagt, *›wenn wir dann noch leben.‹* «

Aber warum und wofür mußte sie denn leben? Wofür lebte ihre Schwester Lila, die in ihrem Exportbüro verkümmerte, oder ihr Vater, der gelähmt dahinvegetierte? Hatte es das Land, in dem sie geheiratet hatte, in dem sie mit Alexej Iwanowitsch gelebt und in dem sie ihn betrogen hatte – hatte es dieses Land wirklich gegeben? In jenen Jahren war nichts geschehen, was Bedauern oder Liebe rechtfertigte. Sie hatte immer das Gefühl gehabt, daß es ihr bessergehen könnte, daß es ihr bessergehen würde, daß andere reicher, glücklicher, zufriedener waren, daß sie das sogenannte Glück kannten. Und auch in den Jahren davor, in ihrer Kindheit, in einem anderen, längst vergessenen Land. Nicht ganz unschuldige Schwindeleien, eine quälende Eitelkeit und, seit sie neun war, verbotene Träume. Nichts, worüber nachzudenken sich lohnte. Begraben und vergessen! Nur weg von hier, so schnell wie möglich, sobald sie Rache an jemandem genommen hatte, an irgend jemandem, Rache für ihr ganzes Leben, mit einem Schlag, sobald sie ihre Rache an Bologowskij genommen hatte, weil alle anderen fortgegangen waren, in alle Welt verstreut, sich versteckt hielten, dieReckskerle.

Er gab ihr nicht viel Geld. Nicht daß er geizig gewesen wäre – er hatte es nicht. Als er allein lebte, hatte er immer Geld gehabt, es hatte ihm gereicht, und hin und wieder waren sogar einhundert oder zweihundert Franc übrig, die er seiner Tochter schickte. Jetzt war es manchmal knapp, und doch, als er mit der Metro nach Hause fuhr, umgeben von einer Mauer fremder Körper und dem Geruch menschlichen Atems, dachte er, daß er mit dem Paar, das sich in einer Ecke glückselig umarmte, etwas gemeinsam hatte. Düstere, stickige Stationen zogen vorüber. Manchmal, wenn er eine bucklige, grauhaarige Bettlerin erblickte, die auf einer Bank saß, einen Stock und eine braune Tasche in den Händen, oder einen dösenden Alten, dessen Schuhe mit Bindfäden geschnürt waren, oder einen einarmigen Arbeiter, der Brot kaute, und keiner von ihnen den vorbeifahrenden Wagen die geringste Beachtung schenkte, kamen ihm seltsame Gedanken, die Angst vor dem Ende, vor dem Alter, und die Zukunft ragte drohend vor ihm auf, wie ein Gewicht, das er nicht beiseite schieben konnte.

Ohne sich dessen bewußt zu sein, wartete er immer inständiger, immer beharrlicher darauf, daß die Liebe ihm helfen würde. Er hätte nicht genau sagen können, was er von dieser Frau verlangte. Hätte man ihn gefragt, hätte er wahrscheinlich geantwortet, daß er ganz und gar zufrieden sei. Aber in seinem Herzen und ohne es in Worte zu fassen, hoffte er auf Wärme, mehr Wärme, auf ein freundliches Wort, eine verständnisvolle Geste, und warum nicht auch auf... eine Stickerei, womit sie sich, wie er glaubte, bis zu ihrer Begegnung durchgeschlagen hatte. Auf irgend etwas, das die aufreibende Freude erleichterte – die doch eigentlich eine unaufhörliche Qual war und die er mit Küssen, mit Worten, mit seinem gedämpften Lachen wie Schaum von seinem ungewissen Glück abschöpfte.

»Vielleicht«, dachte er, »hat sie nach ihrem Mann einen anderen gehabt.« (Diese Gedanken kamen ihm meistens, wenn er sich ihrem Hotel näherte.) »Schließlich sind seither schon fünf oder sechs Jahre vergangen. Früher hätte ich mich nie getraut, so etwas zu denken, aber heute ist alles so anders. Sie lebte allein, und sie hatte es schwer. Na und? Was geht es mich an? Und wenn sie mich jetzt betröge? Nein, das ist lächerlich.«

Er selbst war weder eifersüchtig noch mißtrauisch, aber er brauchte sein Unglück, sein täglich Brot, um sich zu quälen und sich wieder beruhigen zu können, und genau dieses Brot fehlte ihm. Sobald er die Haustür berührte, sobald er auf der Schwelle stand, schnürte ihm die Befürchtung, dort oben könne sich etwas verändert haben, das Herz ab. Ihn schreckte der Gedanke, daß dort oben alles erkaltet, daß dort oben alles leer sein könnte. Dann warf er die Tür ins Schloß und rannte mit seinen Säbelbeinen die Treppe hinauf, mehrere Stufen auf einmal nehmend, nur um sich davon zu überzeugen, daß Tania noch da war.

Sie saß auf einem Stuhl in der Mitte des Zimmers, vollkommen nackt, und wartete, daß der Lack auf ihren zehn Fingernägeln und ihren zehn Fußnägeln trocknete. Sie war sehr weiß, und die Form ihres großen runden Bauches veränderte sich je nachdem, wie sie saß. Sie hatte kaum Haare am Körper, wie die fehlenden Augenbrauen verrieten. Sie hatte die Beine von sich gestreckt, und ihre Arme hingen herab – so saß sie da und wartete. Ihr Gesicht, das alt und verblüht aussah, hatte den besonderen Ausdruck, den nur die anderen sahen, sie selbst nie.

»Es war jemand hier«, sagte er, denn er spürte, daß jemand dagewesen war. Der Aschenbecher war voller Zigarettenstummel.

»Gulia«, antwortete sie, ohne sich zu rühren.

»Was hat sie denn?«

»Sie macht sich Sorgen, deshalb ist sie vorbeigekommen.«

Er begann, sich auszuziehen.

»Warum macht sie sich Sorgen?«

»Meinetwegen. Wie du und ich miteinander auskommen.«

Er zog Mantel, Hut und Jacke aus und streifte die Schuhe von seinen vor Ermüdung steifen Füßen. Dann setzte er sich an den Tisch und betrachtete sie, wie sie da nackt und reglos saß, von ihrem Stuhl ein wenig nach rechts abgerutscht. Er betrachtete ihre schweren Brüste, ihre zwanzig radieschenroten Nägel.

»Das bist du also? Bist du noch dieselbe?« fragte er sich vorsichtig. »Mein Gott, wer bist du nur? Warum bist du so nackt? Zieh dir um Himmels willen etwas über! Ich bitte dich!« Das alles sagte er zu sich selbst, und gleichzeitig spürte er, wie er die Fähigkeit zu sprechen verlor, als wären ihm Stimme und Zunge genommen. »Schweig. Schweig lieber.« Plötzlich verzog er den Mund auf sonderbare Weise, als wäre er mit einer Rasierklinge aufgeschlitzt und dann wieder zusammengepreßt worden. Bologowskij streckte seine dichtbehaarten Arme auf dem Tisch aus und wartete darauf, daß diese Frau aufstand und ihre Nacktheit bedeckte.

Endlich erhob sie sich, fand ihre Pantoffeln und begann, sich zwei Schritte von ihm entfernt anzuziehen. Es befremdete ihn, daß sie so nah, so erreichbar war und er nicht einmal den Wunsch hatte, sie anzusehen.

»Gulia sorgt sich um mich und Belowa auch. Sogar die Concierge unten sagt jedesmal ›Gott sei Dank‹, wenn sie mich sieht. Ich sehe ihren Gesichtern an, daß sie dich verdächtigen werden, mich vergiftet zu haben, wenn ich je an Pilzen oder verdorbenem Fisch krepieren sollte«, sagte sie kichernd und zerrte an ihrem schmutzigen purpurrosa Hüftgürtel. »Warum sagst du nichts? Wart's nur ab. Wenn ich sterbe, wirst du's schon sehen. Sag doch was! Oh, ich habe es satt, so satt! Alles ist voller Löcher.« Sie schloß ihren Büstenhalter mit einer Sicherheitsnadel. »Meine Haare sind scheußlich, und in meiner Puderdose ist kein Stäubchen mehr. Sag was!« Sie hatte sich den einen Strumpf angezogen, hielt wie versteinert inne und starrte Bologowskij haßerfüllt an. »Wenn du mit mir leben willst, dann sprich! Warum lebst du noch? Warum lebst du eigentlich noch? Hörst du überhaupt, was ich dich frage? Ja oder nein?« schrie sie schluchzend.

Er trommelte mit den Fingern, aber er blieb stumm. Nur ein leichtes Zucken ging über sein Gesicht, und seine Augen wurden noch metallischer.

»Und ich habe geglaubt, ich könnte mit einem solchen Mann irgendwie zusammenleben ... irgendwie«, murmelte sie und raufte sich verzweifelt die Haare. »Verstehst du, daß ich nichts als Haß für dich empfinde? Nichts! Warum hast du mich drei

Monate lang ernährt? Warum hast du mit mir geschlafen? Sieh her, ich werde mich jetzt gleich erschießen, und die Polizei wird dich einsperren. Und vorher werde ich auf die Klingel drücken. Ich werde schreien ...«

Sie machte einen Satz, aber auch er sprang auf und versperrte ihr den Weg.

Wohin lief sie? Nicht zu ihm. Nicht zur Klingel, die sich am Kopfende des Bettes befand. Zum Schrank. Aber er konnte seine Stummheit noch immer nicht überwinden. Er brachte kein Wort hervor. Und was hätte er schon sagen können? Zärtliche Worte, zornige Worte? Sie war vor der Schranktür stehengeblieben, halb angezogen, einen Strumpf in der Hand. Während er hastig in seine Schuhe schlüpfte, die unter dem Tisch standen, während er seine Jacke und seinen Mantel anzog – immer noch stumm –, blieb sie vor dem Schrank stehen. Offenbar hatte sie nicht den Mut, das, was sie beabsichtigt hatte, zu Ende zu bringen. Ihr Gesicht sah jetzt schrecklich aus. Noch vier, drei ... zwei Sekunden. Nein, sie konnte es nicht tun, wie einfach und leicht es ihr auch erschienen war. Eine Sekunde. Nicht einmal den Bucharaschal öffnen. Wenn sie nur bis zur Klingel kommen konnte! Durch den Schal hindurch in meinen

Bauch, in meinen weichen, warmen Bauch, den Schuß und meinen Schrei durch das ganze Haus schicken. (Unterdessen rannte er bereits die Treppe hinunter.) »Was ist geschehen?« – »Sie hat sich erschossen«, sagt er zu den Leuten, die auf ihn zustürzen. »Da, sehen Sie, sie hat die Pistole noch in der Hand.« – »Das glauben Sie doch wohl selber nicht. Sie sind verhaftet«, antworten sie. »Wenn sie sich erschossen hätte, hätte sie nicht geklingelt. Sie hätte nicht um Hilfe gerufen. Sie hätte nicht die ganze letzte Woche aller Welt den Eindruck vermittelt, daß sie sich vor Ihnen fürchtete. Sie haben sie getötet.« – »Aber ich bin *vor* dem Schuß ins Treppenhaus hinausgerannt. Fragen Sie die Nachbarn.« Und dann wird jemand (unter Eid) aussagen, daß zuerst der Schuß fiel und danach die Schritte auf dem Treppenabsatz zu hören waren, und ein anderer (auch er unter Eid), daß zuerst die Schritte kamen und dann der Schuß.

Mittlerweile war er längst fort, das heißt, er war unten auf der Straße, und sie stand immer noch vor dem Schrank und rührte sich nicht.

Statt sich zu überlegen, was sie eigentlich daran gehindert hatte, ihren Plan auszuführen, dachte sie an alltägliche Dinge: Wie spät mag es sein? Sieh an, da hängt ein Spinnennetz von der Decke. Was ist das dort drüben? Wie heißt doch diese Geisteskrankheit? Manie. Etwas mit Manie. Lympho … Lymphomanie. Nein, was sage ich da! Mythomanie. Von dem Wort Mythos. Ich habe eine Geschichte erfunden, für die manche Zeitungen Geld zahlen, wenn man sie aufschreibt. Ich habe sie erfunden … Mein Gott, wo ist er? Mein Gott, er ist mir davongelaufen!

Sechs Uhr. Eine Lampe mit grünem Schirm brennt neben der Kassiererin. Sieben Männer in gleichen weißen Westen decken geräuschlos die Tische. Mit leisem Scheppern bringt der Küchenaufzug die Vorspeisen und die hausgemachte Sahnetorte aus dem Kühlschrank nach oben. Jemand wischt Gläser aus und trägt sie mit dem Stiel nach oben davon. Bologowskij geht in dem Aquariumlicht auf und ab und sortiert die Silbergabeln. Um Viertel nach sieben wird die Eingangstür aufgestoßen: Die ersten Gäste kommen herein, weitere folgen. Als erstes sind die vier Ecktische besetzt, danach die Tische in der Mitte. Das Licht brennt. Stimmen. Dampfende Schüsseln segeln durch den Raum, ein Eiskübel für einen Tisch, Schaschlik wird an langen Spießen hereingetragen. Das Lokal füllt sich. Acht Uhr. Kein freier Tisch mehr. Ein Fortissimo des unsichtbaren Orchesters, und dann ebben Stimmen und Bewegungen nach und nach ab, schwinden Menschen, Teller und Gläser (mit dem Stiel nach unten). Die Servietten werden eingesammelt, die Stühle aufeinandergestellt, eine

Lampe erlischt, eine zweite, eine dritte. Die Uhr zeigt zehn. Punkt zehn. Draußen eine Sommernacht, eine Maiennacht. Paris hatte sich nicht verändert. Es war kaum zu glauben.

Er ging durch die Straßen, er dachte nach, aber die Gedanken kamen nicht ohne Mühe. Er empfand nichts als Ekel vor ihrer Nacktheit und vor ihren Tränen. Und als er die drei Monate, die er mit ihr zusammengelebt hatte, noch einmal an sich vorüberziehen ließ, nahm in seiner Erinnerung alles – oder doch beinahe alles – einen zynischen, verletzenden, verlogenen Aspekt an. Da war nichts, woran er sich festhalten konnte, alles entglitt ihm, alles stieß ihn ab. Und am unerträglichsten war ihm das Bewußtsein seiner eitlen, heillosen Selbsttäuschung. In dieser Hinsicht war sie nicht sie selbst, so wie er nicht er selbst war.

Er ging durch die düstere, feuchte Nacht, ohne die Passanten zur Kenntnis zu nehmen. Wenn er Licht sah, ging er auf ein Glas hinein, und der Alkohol half seiner Seele – ja, das war der Beweis für ihre Existenz –, ihre staubigen Flügel auszubreiten. Ein letztes Mal die Münzen auf der Theke klimpern lassen, einen kräftigen Schluck nehmen und fühlen, wie die Wärme durch seine Schultern und Rippen strömt, genau die Wärme, die er so vermißte. Hier war eine andere Kreuzung, eine Straßenlaterne, eine Apotheke. Dort stand ein großer, schlammbespritzter Wagen, der Eis transportierte; dort stand ein Pferd. Bring bitte nicht alles durcheinander. Was hat die Artillerie damit zu tun? Die Nikolajewskij-Kavallerie, eine glorreiche Institution . . .

»Ach, komm her«, sagt er, schiebt seinen Hut in den Nacken und legt seine Arme um den Kopf des fügsamen hellbraunen Pferdes mit den großen Augen. »Ach, komm her.«

Er streichelt es, er wühlt in seiner Mähne, küßt es auf das Maul und atmet die Luft ein, die ihm die gefügigen Nüstern ins Gesicht blasen. Und es beschnuppert ihn, sie beschnuppern sich gegenseitig.

»Ach, komm her, du hast mich erkannt. Du erinnerst dich«, sagt Bologowskij. »Du hast mich nicht vergessen.« Er reibt seine Wange, seine Wange und sein ganzes Gesicht an dem Pferd und streichelt es mit beiden Händen.

Der Eismann, der im Café einen Block Eis abgeliefert hat, kommt zurück, steigt wortlos auf den Bock, hebt wortlos seine Peitsche. Und das Pferd geht davon, gleichgültig, unterwürfig, und läßt Bologowskij allein zurück.

Tania stand im Dunkeln an der Tür, lehnte mit dem Rücken an der Wand, als er die Tür aufstieß und hereinkam. Hinter gefalteten Händen hielt sie ein Ende des Bucharaschals an ihre Brust gedrückt. (Wo hatte er diesen Schal schon einmal gesehen und wann?)

»Tassenka, was ist mit dir? Man könnte glauben, du wolltest mir Angst einjagen«, sagte er und lächelte.

Sie wich mißtrauisch vor ihm zurück.

»Wo warst du?«

»Was soll das heißen, wo ich war? Ich habe gearbeitet. Ich bin Kellner, ein Lakai, erinnerst du dich nicht?«

Er roch nach Wein, und sein Hut war schräg zur Seite gedrückt.

»Tassenka, sag mir ...«

Sie drückte das Schalende fest an ihre Brust. Er kam auf sie zu, und eine Tiefe, die sie nicht kannte, schimmerte in seinen Augen.

»Sag, liebst du mich nicht? ›Irgendwie‹, sagst du. Ha! Und ich habe geglaubt, du wärst so verrückt nach mir, daß ich sogar Angst hatte, es laut zu sagen. Und jetzt das.«

Er stellte sich vor sie, legte seine Hände auf ihre Schultern und drückte sich an sie.

»Dann war also alles umsonst? He? Na, sag schon, Herzchen, wie viele hast du vor mir gehabt?«

Sie antwortete nicht. Die Pistole stieß gegen ihre Brust und gegen seine, aber er bemerkte es nicht.

»Sag mir, wie viele es waren, und ich lasse dich in Ruhe. Du bist wieder frei wie vorher. Zum Teufel mit dir, du kleine Närrin. Es hat nicht geklappt. Laß es gut sein.«

»Du läßt mich fallen?« flüsterte sie erschrocken und suchte unter der Seide den Abzug. Er wich plötzlich zurück und ergriff mit der rechten Hand den Lauf.

»Was zum Teufel ist das?« fragte er ernüchtert.

Sie ließ sich langsam zurücksinken.

»Nein, tu nicht so, als würdest du ohnmächtig. Du bist eine gute Schauspielerin, ich weiß. O ja, ich weiß . . . Also, was zum Teufel soll das bedeuten?«

Sie hielt inne und lehnte sich schweratmend an die Wand. Ihr Gesicht war wie versteinert, weiß und feucht. Mit der einen Hand umklammerte er ihr Handgelenk, mit der anderen drehte er den

Browning, den er am Lauf hielt, und der Schal flatterte wie eine Fahne. »Was zum Teufel soll das bedeuten? Was ist das?« stieß er hervor. Er ließ die Pistole auf den Teppich fallen, dann hielt er mit beiden Händen ihre Arme fest, grub seine Finger in das weiche Fleisch, zwang sie keuchend in die Knie und zog sie von der Tür weg.

»Ich schreie«, rief sie, als sie mit dem Kopf gegen den Bettpfosten schlug. Sie beobachtete ihn, um sich zu vergewissern, daß er die Waffe nicht wieder an sich nahm.

»Töten? Mich? Sie wollte mich töten!« flüsterte er, und er bog sie noch weiter zurück, riß an ihr, stieß sie und schüttelte sie so heftig, daß sie jäh nach Luft rang und zwischen Bett und Tisch fiel.

»Laß mich los«, wimmerte sie. Wie ein großer Fisch zappelte sie und versuchte, sich dem schweren, vertrauten Körper über ihr zu entwinden. Er drückte sie mit Brust und Knien zu Boden, hielt ihre Arme umklammert, verrenkte sie. »Warum hast du das getan, du Schlange? Warum?« murmelte er. Sein Gesicht – so nah an ihrem – war von einem Netz geschwollener Äderchen überzogen wie ein Gitter.

»Es war doch nur ein Scherz, ein Scherz, ein *Scherz*«, schrie sie immer wieder wie von Sinnen, während sie noch versuchte, ihn abzuwälzen und mit dem Kopf gegen einen harten Gegenstand stieß.

Er drehte ihr Gesicht mit seinem Ellbogen zu sich, drückte mit seiner Brust und seinem linken Arm ihre Arme noch fester zu Boden, und mit seiner rechten Hand griff er nach ihrem samtenen weißen Hals, der sich ganz ähnlich anfühlte wie ihre Kniekehle, die er manchmal streichelte – zwei feste Sehnen und die weiche Haut, Stärke und Schwäche.

»Ah-ah-ah«, wimmerte sie, und ihre entsetzten, stumpfen blauen Augen traten hervor. »Ah-ah-ah!« Aber beim zweiten Mal war es ein Röcheln, kein Wimmern mehr.

Ja, die gleichen festen, kräftigen Sehnen, stellte er nüchtern fest. Etwas Rundes in der Mitte und alles in zitterndes Fett gehüllt, in das er seine behaarten Finger grub. Er drückte so lange zu, bis es aufhörte zu pochen. War sie wirklich tot? Und wenn sie noch lebte? Er zog ein Kissen vom Bett und warf es auf ihr Gesicht, warf ein anderes auf ihre Brust und ließ sich wieder auf sie fallen, er erdrückte sie, denn er konnte sich einfach nicht vorstellen, daß sie nicht wieder lebendig werden würde.

Ein Krachen an der Tür. Warten Sie . . . Erst muß

ich mich vergewissern, daß sie keine Luft mehr kriegt. Sonst – es wäre zu schrecklich, wenn sich herausstellte, daß sie noch lebt, mit diesen Nägeln, diesem Stöhnen und diesem Zucken, mit dieser Vergangenheit, die er nicht kannte, mit dieser Zukunft ... Aber eine Zukunft würde es, Gott sei Dank, nicht geben.

Unterhaltung

Rosamunde Pilcher
Karussell des Lebens *Roman*
(rororo 12972)
Statt sich um einen vielversprechenden Heiratskandidaten zu kümmern, fährt Prue Shackleton, jung, schön und eigenwillig, zu ihrer Tante ans Meer, um an einsamen Buchten Ruhe und Abstand zu gewinnen. Doch damit ist es vorbei, als sie Daniel begegnet.

Diane Pearson
Der Sommer der Barschinskys
Roman
(rororo 12540)
Die Erfolgsautorin von «Csárdás» hat mit ihrem neuen Roman wieder eines jener seltenen Bücher geschrieben, die eigentlich keine letzte Seite haben dürften.

Barbara Chase-Riboud
Die Frau aus Virginia *Roman*
(rororo 5574)
Die mitreißende Liebesgeschichte des amerikanischen Präsidenten Thomas Jefferson und der schönen Mulattin Sally Hemings.

Irène Frain
Die Paradiesvögel *Roman*
(rororo 12247)
Im Pariser Paradies der Tangobars vor dem Ersten Weltkrieg, der exquisiten Seidenroben und kubistischer Malerei feiern Küntler, Adlige und zwei blutjunge Frauen ein ewigwährendes Fest der Schönheit.

Marga Berck
Sommer in Lesmona
(rororo 1818)
Diese Briefe der Jahrhundertwende, geschrieben von einem jungen Mädchen aus reichem Hanseatenhaus, fügen sich zu einem meisterhaften Roman zum unerschöpflichen Thema erste Liebe.

Jorge Amado
Gabriela wie Zimt und Nelken
Roman
(rororo 838)
Die bezaubernde Romanze der Mulattin Gabriela, das der Barbesitzer Nacib in sein Haus nimmt und schließlich heiratet. Liebe und Treulosigkeit, lodernde Leidenschaften und brutale Gewalttaten bestimmen das dramatische Geschehen dieses üppig fabulierten Romans des berühmtesten Erzählers Brasiliens.

rowohlts rotations romane

3287/1

Historische Romane

Dorothy Dunnett
Die Farben des Reichtums Der Aufstieg des Hauses Niccolò *Roman*
(rororo 12855)
«Dieser rasante Roman aus der Renaissance ist ein kunstvoll aufgebauter, abenteuerreicher Schmöker über den Aufsteig eines armen Färberlehrlings aus Brügge zum international anerkannten Handelsherrn – einer der schönsten historischen Romane seit langem.» Brigitte

Josef Nyáry
Ich, Aras, habe erlebt... *Ein Roman aus archaischer Zeit*
(rororo 5420)
Aus historischen Tatsachen und alten Legenden erzählt dieser Roman das abenteuerliche Schicksal des Diomedes, König von Argos und Held vor Trojas Mauern.

Pauline Gedge
Pharao *Roman*
(rororo 12335)
«Das heiße Klima, der allgegenwärtige Nil und die faszinierend fremdartigen Rituale prägen die Atmosphäre diese farbenfrohen Romans der Autorin des Welterfolgs ‹Die Herrin vom Nil›.» The New York Times

Pierre Montlaur
Imhotep. Arzt der Pharaonen *Roman*
(rororo 12792)
Ägypten, 2600 Jahre vor Beginn unserer Zeitrechnung. Die Zeit der Sphinx und der Pharaonen. Und die Zeit des legendären Arztes und Baumeisters Imhotep. Ein prachtvolles Zeit- und Sittengemälde der frühen Hochkultur des Niltals.

rororo Unterhaltung

T. Coraghessan Boyle
Wassermusik *Roman*
(rororo 12580)
Ein wüster, unverschämter, barocker Kultroman über die Entdeckungsreisen des Schotten Mungo Park nach Afrika um 1800. «Eine Scheherazade, in der auch schon mal ein Krokodil Harfe spielt, weil ihm nach Verspeisen des Harfinisten das Instrument in den Zähnen klemmt, oder ein ärgerlich gewordener Kumpan fein verschnürt wie ein Kapaun den Menschenfressern geschenkt wird. Eine unendliche Schnurre.» Fritz J. Raddatz in «Die Zeit»

John Hooker
Wind und Sterne *Roman*
(rororo 12725)
Der abenteuerliche Roman über den großen Seefahrer und Entdecker James Cook.

3288/1